Para Augustin

© 2012 Martins Editora Livraria Ltda.. São Paulo, para a presente edição.
© 2010 Éditions Alternatives: 33, rua Saint-André-des-Arts, 75006 Paris.
Esta obra foi originalmente publicada em francês sob o título *Collages & recettes*
por Alain Passard.

Publisher	*Evandro Mendonça Martins Fontes*
Coordenação editorial	*Vanessa Faleck*
Produção editorial	*Cíntia de Paula*
	Valéria Sorilha
Preparação	*Mariana Echalar*
Projeto gráfico	*Anne Duhem*
Fotogravuras	*EG Atelier*
Revisão técnica	*Celso Vieira Pinto Junior*
Revisão	*Flávia Merighi Valenciano*
	Pamela Guimarães
	Silvia Carvalho de Almeida

Dados Internacionais de Catalogação na Publicação (CIP)
(Câmara Brasileira do Livro, SP, Brasil)

Passard, Alain
 Colagens & receitas / Alain Passard ; tradução Lara Borriero Milani.
– São Paulo : Martins Fontes – selo Martins, 2012.

 Título original: Collages & recettes.
 ISBN 978-85-8063-069-5

 1. Culinária 2. Receitas I. Título.

12-09184   CDD-641.5

Índices para catálogo sistemático:
1. Receitas : Culinária   641.5

Todos os direitos desta edição reservados à
Martins Editora Livraria Ltda.
Av. Dr. Arnaldo, 2076
01255-000 São Paulo SP Brasil
Tel.: (11) 3116 0000
info@martinseditora.com.br
www.martinsmartinsfontes.com.br

ALAIN PASSARD

colagens & receitas

Tradução
Lara Borriero Milani

martins fontes
selo martins

Sumário

10 . Abacaxi ao azeite, mel e limão
12 . Vagens, pêssego e amêndoas frescas
14 . Batatas com sálvia
16 . Aspargos na vertical
18 . Banana ao *curry* de Madras, sálvia e cebola roxa
20 . Aspargos, pera ao limão e azedinha
22 . Espinafre e cenoura com laranja e gergelim
24 . Nabo roxo e limão-siciliano com pimenta-do-reino
26 . Nabo roxo e batata-bolinha com tomate-caqui
28 . Ervilhas e *grapefruit* com amêndoas frescas
30 . Pêssegos e limão com pistilos de açafrão
32 . Tomates com baunilha, verbena e limão
34 . Cebola roxa e coração de alface com anchovas
36 . Cenoura e manjericão roxo com canela
38 . Maçã ao forno com flor de hibisco e amêndoas
40 . A história da abóbora e da beterraba
42 . Folhas de erva-armoles com ruibarbo e louro
44 . Ruibarbo e morangos com laranja e amêndoas caramelizadas
46 . Mosaico verde de verão
48 . Melão e *roquefort* com pimenta-do-reino
50 . *Carpaccio* amarelo, cebolas e batatas com alho rosa e raiz-forte
52 . Peras e rabanetes com *tapenade*, azeite e parmesão
54 . Folhas verdes picantes com mostarda de Dijon e laranjas confitadas ao molho de soja
56 . Jardineira "arlequim" com tâmaras recheadas

58 . Batatas com casca e rúcula ao vinagre de framboesa
60 . Cenouras-bolinha e azedinha ao Savagnin
62 . Pimentões recheados de ervas no canapé
64 . Maçãs e endívias roxas com sálvia e manteiga
66 . Nabos roxos e tomates-caqui com Saint-Amour e ovos quentes
68 . Creme de abóbora ao manjericão e *cappuccino*
70 . Emoção púrpura ao parmesão
72 . Berinjelas roxas ao *curry* verde
74 . *Ratatouille* "bigouden" meio crua, meio cozida com manteiga
76 . Cogumelos *porcini* ao limão, tomilho e azeite
78 . Beterrabas amarelas com crosta de sal cinza de Guérande
80 . Endívias com casca de laranja e hortelã fresca
82 . Compota de toranja com hortelã
84 . Trio de tomates e caviar de berinjela ao fogo
86 . Beterrabas com lavanda e amoras
88 . Pimentão vermelho e tomate-caqui com coentro
90 . Ameixas rainhas-cláudias na manteiga com laranja
92 . Jardineira com pétalas de nabo
94 . Alcachofras com folhas de louro e limão
96 . Alho-poró e maçã verde ao *matchá*
98 . Repolho roxo com alho rosa e folhas de estragão
100 . Chili branco "eu adoro"
102 . Suflê de avocado com chocolate amargo
104 . Docinhos recheados crocantes, ao estilo dos *crumbles*

Prefácio

A cor sempre estimulou minha criatividade. Quando criança, eu podia passar horas pintando ou criando colagens com recortes de papel: minha primeira obra, um arlequim, ainda está gravada na minha memória. Essa paixão não me abandonou, e este livro com título duplo é testemunha disso, um perpétuo vaivém entre receita e ilustração.

Essas colagens traduzem perfeitamente a influência das cores na minha cozinha: para mim, elas são uma verdadeira fonte de inspiração, que me leva a combinar as cores dos ingredientes em busca de uma harmonia gustativa e visual...

Na maioria das vezes, foi a receita que me inspirou a colagem: como apresentava uma bela harmonia no prato, eu quis gravá-la no papel. Mas também amei fazer o contrário: imaginar primeiro a colagem e depois preparar o prato correspondente a ela. Às vezes, eu tinha a impressão de dar sabor a uma cor!

Assim como as minhas colagens, as receitas apresentadas aqui foram criadas para esta obra, como um presente incomum ao Arpège, que está comemorando 25 anos. Uma homenagem aos legumes, indissociáveis companheiros de estrada do restaurante, com 48 pratos para degustar a cada estação e cujos casamentos, às vezes inesperados, podem surpreender...

Agora é a sua vez de ser um pintor-cozinheiro. Espero que você sinta tanto prazer na brincadeira quanto eu,

ALAIN PASSARD

JANEIRO - FEVEREIRO - MARÇO - ABRIL - MAIO - JUNHO - JULHO - AGOSTO - SETEMBRO - OUTUBRO - NOVEMBRO - DEZEMBRO

Abacaxi ao azeite, mel e limão

4 pessoas | 1 abacaxi maduro de bom tamanho | 30 g de suco de limão (equivale a 1 limão) | 70 g de mel de acácia | 150 ml de azeite | 1 maçã verde | flor de sal | pimenta-do-reino moída na hora

Um grande clássico do Arpège no inverno... Essa sobremesa é ideal depois de um menu relativamente farto. Achei divertido adicionar um condimento como o azeite a um registro doce e frutado... A saborosa mistura de mel, limão e azeite resulta em uma cor verde viva e muito apetitosa ao prato. Não seja acanhado com o molho: o abacaxi vai adorar!

*Jurançon,
ou Vouvray suave*

Em um liquidificador, emulsione o mel e o suco de limão. Em seguida, junte o azeite aos poucos (como em uma maionese), para obter um volume denso, cremoso e homogêneo, com liga perfeita. Para conseguir um bom resultado, os três ingredientes devem estar em temperatura ambiente. Descasque o abacaxi e corte a polpa em formato de pirâmides, sem o miolo. No centro de quatro pratos, faça um círculo de molho, coloque o abacaxi e cubra-o com o molho de mel, azeite e limão. Ponha por cima finas lâminas de maçã, quase transparentes, cortadas no mandolin. A sobremesa deve ser montada pouco antes de ser servida, porque o abacaxi solta água. Mantenha o molho em temperatura ambiente para evitar que o azeite se solidifique e, se necessário, emulsione novamente antes de servir. Salpique com flor de sal e pimenta-do-reino moída na hora. Delicioso também no verão, se o abacaxi for substituído por morangos graúdos cortados ao meio...

JANEIRO - FEVEREIRO - MARÇO - ABRIL - MAIO - JUNHO - JULHO - AGOSTO - SETEMBRO - OUTUBRO - NOVEMBRO - **DEZEMBRO**

Vagens, pêssego e amêndoas frescas

4 pessoas | 600 g de vagens | 12 amêndoas frescas | 1 pêssego grande | alguns ramos de manjericão roxo | manteiga | azeite | flor de sal

Para mim, o pêssego é um sorbet de alto verão; seu açúcar claro tem um perfume suave de flor branca... Com a vagem, ele faz um belo duelo de texturas e cria uma harmoniosa cumplicidade de sabores. As amêndoas dão um toque crocante de frescor.

Viognier do tipo Condrieu

Em água quase fervente e ligeiramente salgada, cozinhe as vagens extrafinas *al dente*. Retire-as da água com uma escumadeira e mergulhe-as em água gelada para preservar a cor e interromper o cozimento. Escorra-as e, em uma frigideira larga, revolva-as em fogo brando com um naco de manteiga com sal e um longo fio de azeite. Junte as amêndoas recém-descascadas, o pêssego cortado em doze partes e algumas folhas de manjericão roxo. Salpique tudo com flor de sal e pimenta-do-reino moída na hora. Não mexa, assim a frágil beleza do pêssego ficará preservada. Distribua a receita em quatro pratos de serviço aquecidos e saboreie imediatamente.

Batatas com sálvia

4 pessoas | 100 g de batatas-bolinha | folhas de 4 ramos de sálvia fresca | 1 cabeça pequena de alho branco | 1 naco generoso de manteiga com sal | flor de sal

A sálvia sempre me inspirou. Você se surpreenderá ao perceber como essa planta com suave sabor de louro casa bem com a batata: a carne suave e macia da batata é realçada e oferece belas emoções. O toquezinho de alho proporciona ao prato um calor doce, com perfume de tempos passados.

Mourvèdre do tipo Bandol

Em uma frigideira de ferro, derreta em fogo baixo a manteiga com as folhas de sálvia. Junte a cabeça de alho cortada em quatro. Deixe cozinhar em fogo brando de 15 a 20 minutos, sem dourar os ingredientes. Enquanto isso, cozinhe as batatas com casca em água quase fervente, sem ebulição. A batata-bolinha é tenra, portanto seu cozimento é rápido, e sua pele é tão fina que é inútil descascá-la. Escorra as batatas e junte-as à sálvia e ao alho. Deixe sua casca dourar ligeiramente e as folhas de sálvia estalarem. Salpique com flor de sal e sirva como primeiro prato ou guarnição de galinha-d'angola assada. Uma delícia de suavidade.

Aspargos na vertical

4 pessoas | 1 belo maço de aspargos verdes ou brancos "grossos" (1,5 centímetro de diâmetro), ou cerca de 6 unidades por pessoa | 2 porções de 50 g de manteiga com sal | 4 ovos | flor de sal | 1 maço de cerefólio

Esta é certamente a receita mais espetacular deste livro! A ideia é cozinhar os aspargos na vertical, em maço, regando com a manteiga quente e fazendo o calor subir pelos talos. Isso oferece um delicioso *dégradé* ao cozimento: o broto fica cru e quente, o coração permanece crocante e o talo, no fundo da panela, ligeiramente confitado. O elemento fundamental desta receita é a panela. Ela deve ser grande (de 12 a 15 centímetros de altura e, no mínimo, 20 centímetros de diâmetro), para que se forme um corredor de calor em volta dos aspargos.

Vinho branco da Alsácia, Pinot Blanc, Chasselas, Muscat seco

Na feira, tome cuidado com o frescor dos aspargos. Olhe bem os talos: eles não devem apresentar ranhuras, e os brotos devem estar intactos, sem marcas.

Na cozinha, desfaça o maço com cuidado. Com um descascador, tire a pele e lave os aspargos em água limpa. Para refazer o maço, envolva os aspargos com uma tira dupla e larga de papel-manteiga. O papel-manteiga mantém o maço inteiro e na posição correta. O diâmetro do maço é muito importante para mantê-lo estável: não menos de 12 ou 13 centímetros de diâmetro. Deixe os brotos fora do papel-manteiga. Amarre o maço, sem apertar muito, com duas ou três voltas de barbante de cozinha.

Para o cozimento, coloque na panela a manteiga com sal e o maço de aspargos na vertical, e cozinhe, em fogo baixo, cerca de 90 minutos. Dessa forma, o calor da panela e da manteiga subirá pelo talo dos aspargos. Durante o cozimento, regue os aspargos com a manteiga quente, usando uma colher. Em seguida, apresente essa pequena obra de arte aos seus convidados: solte os aspargos cortando o barbante e o papel com uma faca e sirva-os com ovo cozido (6 minutos de cozimento), flor de sal e, principalmente, a manteiga do cozimento, que se impregnou de todo o sabor e o perfume dos aspargos.

Se você gosta de ervas, em especial de cerefólio, pique algumas folhas na hora e salpique sobre o prato.

Observação: a manteiga do cozimento dos aspargos não deve ir além de um delicioso "perfume de avelã".

JANEIRO · FEVEREIRO · **MARÇO · ABRIL · MAIO** · JUNHO · JULHO · AGOSTO · SETEMBRO · OUTUBRO · NOVEMBRO · DEZEMBRO

Banana ao *curry* de Madras, sálvia e cebola roxa

4 pessoas | 2 bananas bem maduras | 1 colher de café de *curry* | 1 porção de 40 g de manteiga com sal | 1 cebola roxa grande | folhas de 2 ramos de sálvia | flor de sal | suco de ½ limão-siciliano

Nesta aventura um tanto insólita, é o *curry* que une a banana e a cebola, dois admiradores fanáticos e consumidores desse pó ocre com aroma de especiarias. A sálvia, com seu elegante amargo resinoso, é o árbitro desse encontro geograficamente distante.

Muscat ambré maduro de Rivesaltes

Em uma panela de ferro, derreta a manteiga em fogo baixo com as bananas cortadas com a casca, em rodelas de 1 a 2 centímetros, a cebola cortada fina no mandolin (no sentido do comprimento) e as folhas de sálvia. Durante 20 a 25 minutos, deixe que as polpas se desfaçam lentamente na manteiga quente e as folhas de sálvia fiquem crocantes, sem dourar muito, virando-as na metade do tempo.

No fim do cozimento, salpique as rodelas de banana com um toque de *curry* e flor de sal e faça uma bela apresentação desse trio improvável em um prato de serviço aquecido. Junte o suco de limão à manteiga do cozimento e sirva em uma molheira aquecida. Um prato um pouco deslocado nas texturas e nas combinações... mas que eu adoro.

JANEIRO - FEVEREIRO - MARÇO - ABRIL - MAIO - JUNHO - JULHO - AGOSTO - SETEMBRO - **OUTUBRO** - **NOVEMBRO** - DEZEMBRO

Aspargos, pera ao limão e azedinha

4 pessoas | 8 belos aspargos verdes grossos | 1 pera grande madura | 1 maço de azedinha | 1 porção de 50 g de manteiga com sal | flor de sal | ½ limão-siciliano | pimenta-do-reino

Aspargos e pera... duas polpas de cor marfim que oferecem um balé de sabores misteriosos e insólitos. Completando o conjunto, um mágico: a azedinha. Ela faz a dupla vibrar com sua acidez frutada. Adoro quando ela solta seu suco cor de rubi e transforma o prato em uma verdadeira pintura.

Riesling jovem da Alsácia

Com um descascador, tire a pele dos aspargos e cozinhe-os ligeiramente em água salgada por 4 minutos. Escorra com cuidado, sem quebrar as pontas, e deixe esfriar sobre papel absorvente. Em seguida, em fogo baixo, doure os aspargos por 15 minutos em uma frigideira grande, com manteiga espumosa, mexendo sempre. Ainda em fogo baixo, junte a pera com casca, cortada em oito pedaços, deixando-a amolecer e dourar. Quando a dupla pegar cor, acrescente a azedinha. Deixe que as folhas murchem na manteiga quente do cozimento (é bem rápido) e se misturem com os aspargos e a pera.
Em um prato de serviço aquecido, monte e apresente esta receita com elegância. Na frigideira, junte o suco de ½ limão à manteiga. Com cuidado, derrame esse pouco de manteiga com um toque de limão sobre os aspargos e a pera. Salpique com flor de sal e pimenta-do-reino moída na hora. Sirva imediatamente e, à mesa, componha porções endiabradas de 2 centímetros de aspargos, meia fatia de pera e uma colher de café de azedinha refogada, que oferece ao conjunto uma pontinha de acidez. Uma delícia!

JANEIRO - FEVEREIRO - MARÇO - ABRIL - MAIO - JUNHO - JULHO - AGOSTO - **SETEMBRO** - OUTUBRO - NOVEMBRO - DEZEMBRO

Espinafre e cenoura com laranja e gergelim

4 pessoas | 1,5 kg de folhas de espinafre | 2 maços (com as folhas) de cenouras precoces | 2 colheres de sopa de gergelim branco | 3 porções (do tamanho de uma noz) de manteiga com sal | flor de sal | noz-moscada | 1 limão-siciliano grande | óleo de gergelim | suco de 5 laranjas | 30 g de açúcar | suco de 1 limão-siciliano

Este é um prato esplendoroso nas cores e nos sabores, um belo duelo entre duas frutas cítricas, o limão e a laranja, e dois grandes clássicos das hortas, a cenoura e o espinafre. O que pode sair daí? Um prato vivo e refrescante, um delicado equilíbrio entre suavidade e voluptuosidade, em que o gergelim torrado completa às mil maravilhas o jogo de sabores, dando ao prato uma extensão gustativa quase perturbadora.

Riesling jovem da Alsácia, Sauvignon de Sancerre

No mandolin, corte o limão em rodelas finas. Em uma caçarola, ponha as rodelas com o açúcar e o suco de limão. Deixe cozinhar em fogo baixo de 10 a 12 minutos. O limão deve ficar ligeiramente translúcido. Enquanto isso, espalhe bem as cenouras (com casca) em uma panela e cozinhe com o suco de laranja e uma porção de manteiga até que o líquido evapore. A cenoura deve se desfazer, portanto, se necessário, acrescente um pouco de água.
Lave o espinafre e tire o fio que divide as folhas. Seque bem. Cozinhe duas vezes[1] em uma panela grande e quente com uma porção de manteiga avelanada. O cozimento é bem rápido. Deixe o espinafre em um escorredor por alguns minutos e reserve-o em um prato de serviço aquecido. Junte as cenouras quentes e ligeiramente besuntadas no suco de laranja reduzido. Salpique com flor de sal, noz-moscada ralada e grãos de gergelim branco tostados na frigideira. Regue o prato com dois fios de óleo de gergelim e sirva com o *confit* de limão.

1. O espinafre deve ser cozido duas vezes? Sim, porque as folhas soltam muita água e, com dois cozimentos, ela evapora melhor.

Nabo roxo e limão-siciliano com pimenta-do-reino

4 pessoas I 2 maços de nabos precoces pequenos I 2 nacos generosos de manteiga com sal I ½ maço de manjericão I 1 limão-siciliano grande I 1 colher de sopa cheia de açúcar I pimenta-do-reino moída na hora I flor de sal I Mix de folhas verdes I 1 longo fio de azeite

O suave amargor do nabo sempre me atraiu, assim como sua elegância e beleza. Neste prato, eu quis confrontá-lo com dois aromas fortes: o manjericão e o limão. E o queridinho de todos os grandes *chefs* se sai muito bem! Nesta receita, ele oferece boa resistência, realçada pelo defumado amadeirado de uma pimenta-do-reino determinante.

Vermentino, um vinho branco da Córsega

Lave os nabos com casca, preservando o charme dos ramos. Coloque-os lado a lado em uma panela larga com a manteiga, acrescente água até a metade e, por cima, uma folha de papel-manteiga do tamanho da boca da panela. Em fogo baixo, deixe cozinhar os nabos até ficarem bem macios. No mandolin, corte o limão no sentido do comprimento e arrume as rodelas em uma frigideira de saltear larga com o açúcar, 75 ml de água e a metade das folhas de manjericão. Cozinhe com cuidado essa preciosa mistura de perfumes em fogo bem baixo, com tampa. O limão deve ficar confitado, com uma bela cor amarela translúcida. O *confit* não deve pegar no fundo da frigideira, portanto fique atento. Verifique o cozimento dos nabos e a evaporação total da água. Acrescente a outra metade das folhas de manjericão e besunte bem os nabos com a manteiga do cozimento. Salpique com flor de sal e pimenta-do-reino moída na hora. Agora só falta arrumá-los em um prato aquecido e servi-los com o *confit* de limão e manjericão. Abra um espaço entre os dois e preencha com um belo mix de folhas verdes temperadas com azeite.

JANEIRO - FEVEREIRO - MARÇO - ABRIL - MAIO - JUNHO - JULHO - AGOSTO - SETEMBRO - OUTUBRO - NOVEMBRO - **DEZEMBRO**

Nabo roxo e batata-bolinha com tomate-caqui

4 pessoas | 1 maço de nabos com as folhas | 4 tomates-caqui grandes | 12 batatas-bolinha | 4 colheres de sopa de azeite | flor de sal | pimenta-do-reino moída na hora | 1 naco de manteiga com sal | folhas de 2 ramos de estragão

Este é um trio pouco comum, mas suculento: a bela harmonia entre a graça do amargor do nabo, equilibrado pelo frescor do tomate e a maciez da batata... O toque anisado do estragão confere ao prato um registro contemporâneo surpreendente.

Entre-Deux-Mers, Bordeaux branco, Bergerac branco

Em uma frigideira de boca larga, refogue os tomates cortados em quatro com duas colheres de sopa de azeite. Mexa constantemente até reduzir o líquido. Enquanto isso, em uma panela, cubra os nabos e as batatas com água e junte o resto do azeite. Cozinhe em fogo baixo até a água evaporar. Prolongue um pouco o cozimento para dar uma leve cor aos legumes. Junte aos tomates refogados as folhas de estragão picadas finas e uma pitada de flor de sal. Acrescente a manteiga aos nabos e às batatas e apresente-os em um prato de serviço aquecido, dispostos sobre os tomates refogados. Salpique com flor de sal e pimenta-do-reino moída na hora.

JANEIRO · **FEVEREIRO** · MARÇO · ABRIL · MAIO · JUNHO · JULHO · AGOSTO · SETEMBRO · OUTUBRO · NOVEMBRO · **DEZEMBRO**

Ervilhas e *grapefruit* com amêndoas frescas

4 pessoas I Cerca de 350 g de ervilhas "extrafinas" frescas I 1 *grapefruit* I 2 colheres de sopa de azeite I 1 naco de manteiga com sal I 18 amêndoas frescas com a casca I 2 raminhos de flores de tomilho fresco I flor de sal

Estamos em uma situação quase rocambolesca. Com as ervilhas e o *grapefruit*, beiramos o inverossímil... Permitindo-se gentilezas e quase um encontro amoroso, esses dois cúmplices convidam a um espaço criativo de prazer. As amêndoas frescas estalam entre os dentes nesta deliciosa composição de melodia ácida...

Sauvignon do tipo Sancerre

Com uma faca, descasque o *grapefruit*, tirando também a pele branca que envolve os gomos. Em seguida, ainda com a faca, tire os gomos, tentando não machucá-lo muito, corte-os em pequenos pedaços e reserve em um prato. Em uma panela, derreta em fogo baixo a manteiga com o azeite, junte as flores de tomilho e as ervilhas. Acrescente água até cobrir as ervilhas e deixe cozinhar até o líquido evaporar completamente, mexendo constantemente com uma colher como se fosse um risoto. Leva de 10 a 12 minutos para ficar *al dente*. Tempere com a flor de sal e distribua as ervilhas em quatro pratos fundos aquecidos. Coloque por cima os gomos frios de *grapefruit* e salpique com amêndoas descascadas na hora.

JANEIRO · **FEVEREIRO** · MARÇO · ABRIL · MAIO · JUNHO · JULHO · AGOSTO · SETEMBRO · OUTUBRO · NOVEMBRO · **DEZEMBRO**

Pêssegos e limão com pistilos de açafrão

4 pessoas | 4 pêssegos maduros | 1 limão-siciliano | 1 pitada de pistilos de açafrão | 4 colheres de sopa de azeite | 2 colheres de sopa de mel de acácia | 1 colher de sopa de xarope de groselha | 1 naco grande de manteiga com sal | 50 g de amêndoas em lascas

Adoro dar um "ânimo" às frutas de caroço com o exotismo do limão... A vivacidade do suco claro realça a polpa suave e macia do pêssego. Você terá uma sobremesa refrescante e picante. Os pistilos de açafrão e a groselha acentuam o mel de acácia e o pêssego, mas o segredo desta pequena maravilha gustativa é o fio de azeite... de boa qualidade, é óbvio.

Viognier suave,
Pacherenc do Vic-Bilh

Corte os pêssegos e o limão em seis partes iguais, coloque em uma panela com a manteiga, o açafrão, a groselha e o mel e cozinhe em fogo baixo. Deixe cozinhar lentamente, sem mexer, de 20 a 30 minutos. Em seguida, perfume com o azeite e saboreie imediatamente, salpicando com as amêndoas em lascas ligeiramente tostadas.

JANEIRO - **FEVEREIRO** - MARÇO - ABRIL - MAIO - JUNHO - JULHO - AGOSTO - SETEMBRO - OUTUBRO - NOVEMBRO - **DEZEMBRO**

Tomates com baunilha, verbena e limão

4 pessoas | 4 tomates maduros e firmes | ¼ de fava de baunilha | folhas de 4 ramos de verbena | 200 ml de azeite | raspa de ½ limão-siciliano | 1 porção de folhas verdes da estação | 1 fio de vinagre balsâmico "tradicional" | amêndoas frescas | 2 bolas de *mozzarella* de búfala | flor de sal | pimenta-do-reino moída na hora

Se os tomates forem da estação e vierem de uma horta de qualidade, esta salada será uma iguaria, uma verdadeira sobremesa... O segredo desta receita? Tomates com o sol no coração!

Friuli-Venezia branco

Em um liquidificador, misture o azeite, a raspa de limão, as folhas de verbena e a baunilha. Emulsione e depois coe até obter um óleo com reflexos verde-amendoado, perfume floral e sabor ácido. Componha os pratos intercalando tomate e *mozzarella*. Acompanhe com rúcula ou um mix de folhas verdes (se forem os dois, melhor ainda) e amêndoas frescas sem casca. Regue com azeite perfumado. Finalize o tempero com um fino fio de vinagre balsâmico, flor de sal e, eventualmente, pimenta-do-reino moída na hora.

JANEIRO · FEVEREIRO · MARÇO · ABRIL · MAIO · JUNHO · JULHO · AGOSTO · SETEMBRO · OUTUBRO · NOVEMBRO · **DEZEMBRO**

Cebola roxa e coração de alface com anchovas

4 pessoas | 1 cebola roxa grande | 12 filés de anchovas frescas | 1 coração de alface | 2 ovos grandes | 1 pires de lascas de parmesão | 4 batatas cozidas com casca | 4 tomates-caqui médios | 8 colheres de sopa de azeite | flor de sal | 2 colheres de café de mostarda de Dijon "untuosa" | 4 fatias de pão de campanha | pimenta-do-reino branca moída na hora | ervas finas (cerefólio, coentro, manjericão) | 1 dente de alho

Vinho branco espanhol seco: Fino, Xerez, resfriado em balde de gelo

Esta é a minha "Caesar Salad". Adoro prepará-la pela complexidade dos ingredientes. Variando um pouquinho as quantidades, consigo sabores e aromas diferentes. Divirta-se você também nesse jogo delicioso, aumentando ou diminuindo a quantidade dos temperos: mostarda, pimenta-do-reino, parmesão, ervas finas e flor de sal...

Em uma saladeira grande, misture a cebola roxa cortada fina no mandolin, os tomates cortados em quartos, as batatas descascadas e cortadas em rodelas, os filés de anchova, o coração de alface desfolhado e as ervas finas grosseiramente picadas. Com talheres de salada, misture delicadamente, e junte o azeite e a mostarda. Monte em pratos de serviço com uma metade de ovo cozido e lascas de parmesão. Salpique com flor de sal e pimenta-do-reino moída na hora. Esfregue o alho no pão, torre e sirva como acompanhamento.

Também fica delicioso se a flor de sal for substituída por um bom molho de soja...

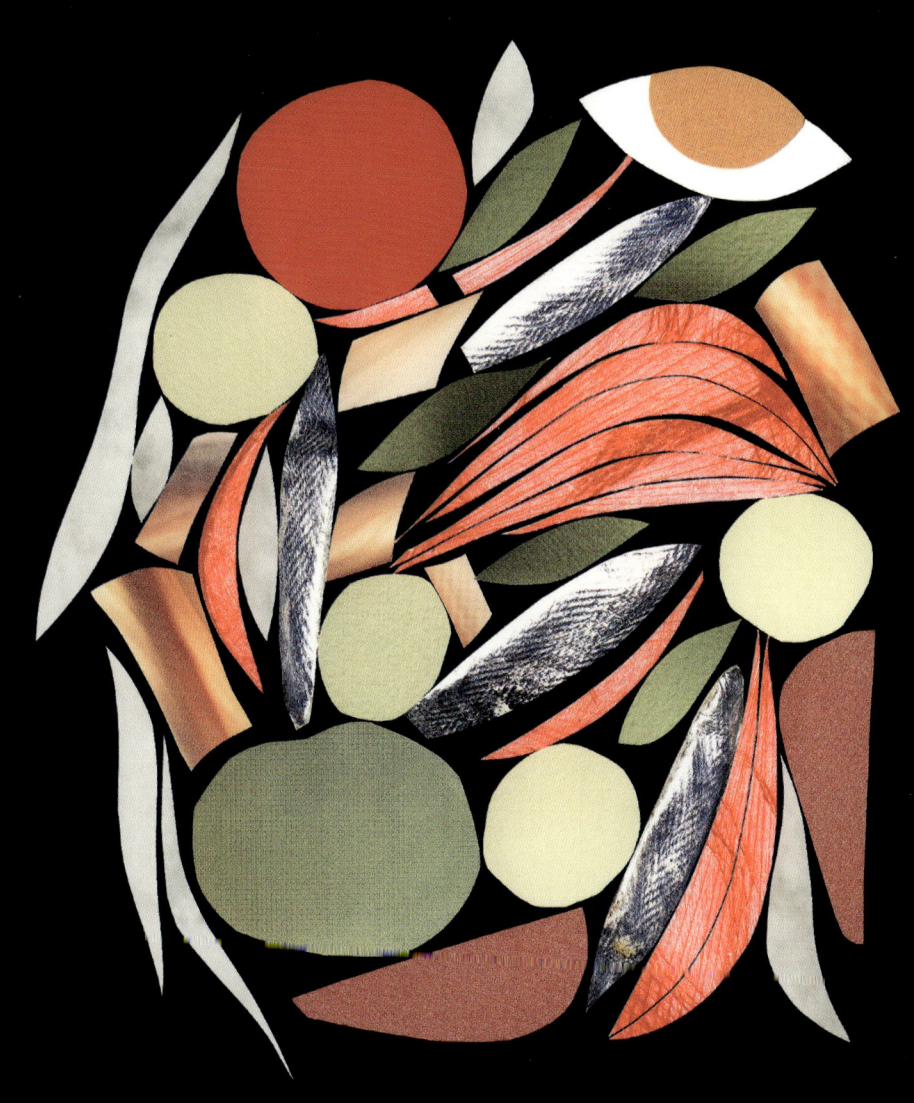

Cenoura e manjericão roxo com canela

4 pessoas | 2 maços de cenouras pequenas | folhas de 1 maço de manjericão roxo | 1 ponta de faca de canela em pó | 4 porções (do tamanho de uma avelã) de manteiga com sal | flor de sal | 2 colheres de sopa de molho de soja

Tentação púrpura... Gosto quando a cor dos ingredientes é o eixo de criação. Divirta-se escolhendo legumes, frutas e ervas de um mesmo tom, por mais sutil que seja. Para mim, essa é uma boa razão para casá-los. Nessa época do ano, também é possível brincar com os brancos, os amarelos, os vermelhos, os verdes...

Syrah, Saint-Joseph, Côte-Rôtie

Corte as cenouras no sentido do comprimento e depois em fatias de 0,5 centímetro de espessura. Em uma caçarola, derreta a manteiga em fogo baixo e junte as cenouras. Cubra com água e um disco de papel-manteiga do mesmo diâmetro da panela e deixe cozinhar lentamente. As cenouras estarão cozidas quando toda a água tiver evaporado e a manteiga tiver envolvido as fatias. Sacuda a panela algumas vezes para facilitar essa deliciosa cobertura de manteiga. Nesse estágio, junte as folhas de manjericão, a pitada de canela e o molho de soja. Prove e corrija o tempero, se necessário. Sirva como primeiro prato ou como guarnição de bistecas de vaca grelhadas.

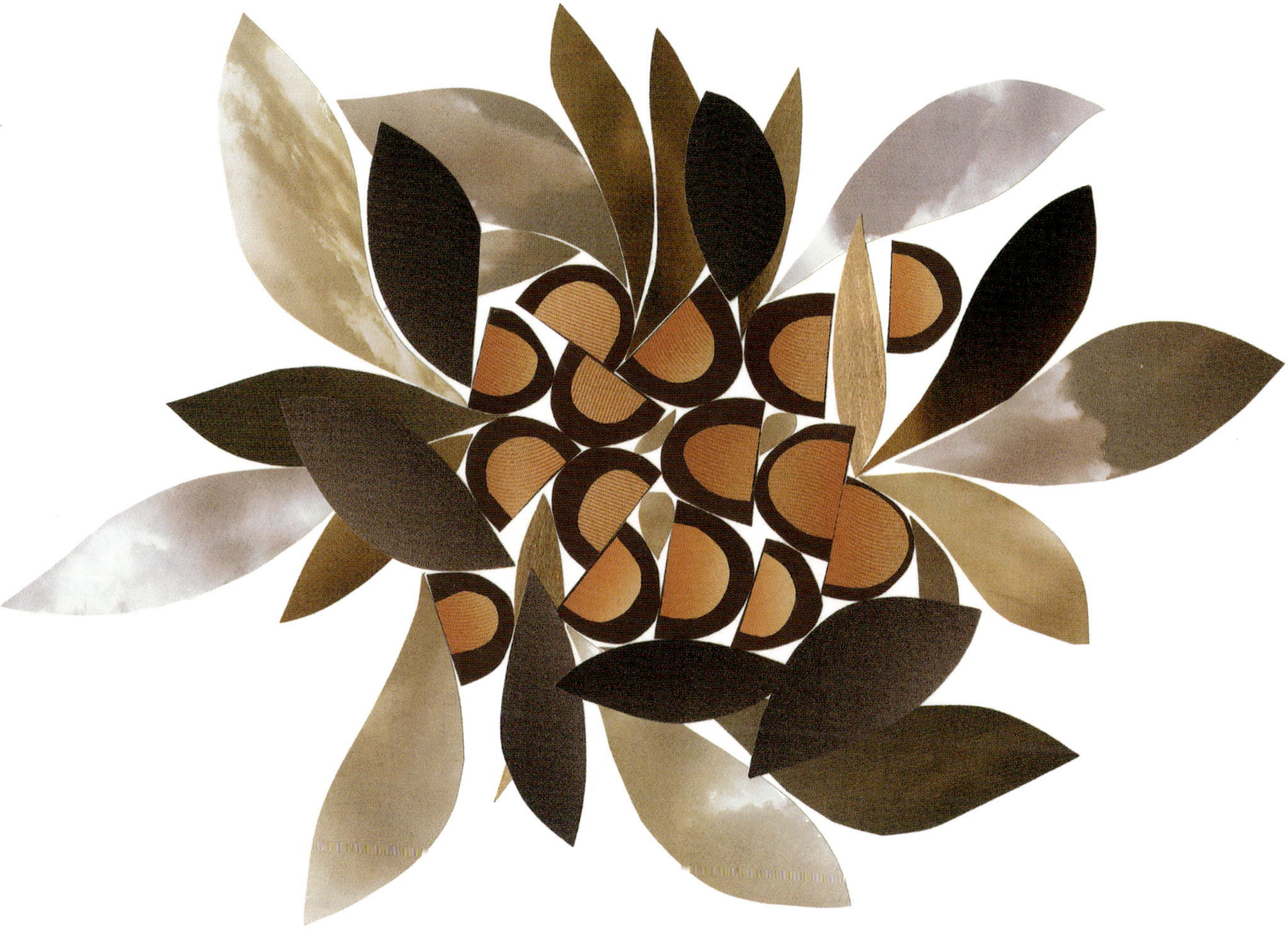

JANEIRO · FEVEREIRO · MARÇO · **ABRIL** · **MAIO** · **JUNHO** · JULHO · AGOSTO · SETEMBRO · OUTUBRO · NOVEMBRO · DEZEMBRO

Maçã ao forno com flor de hibisco e amêndoas

4 pessoas | 4 maçãs vermelhas | 4 porções (do tamanho de uma avelã) de manteiga com sal | folhas de 2 ramos de hortelã | 50 g de pétalas de hibisco (à venda em lojas de produtos naturais) | 1 anis-estrelado | 1 toranja ou pomelo | noz-moscada | 1 cravo-da-índia | 80 g de açúcar | 800 ml de água | 4 fatias finas de brioche | ½ litro de sorvete de creme | 1 pires de amêndoas confeitadas brancas

Esta é uma ótima sobremesa para os dias frios. O aroma do açúcar quente se espalha pela casa – um presente oferecido pelo instante em que o sabor de cereja do hibisco transporta a toranja e as especiarias para um novo mundo gustativo.

Sidra caseira millésimé ou Poiré

Deixe em infusão na água, durante 40 minutos e em fogo baixo, as pétalas de hibisco, o açúcar, a toranja cortada em rodelas finas, o cravo, o anis-estrelado e uma ponta de faca de noz-moscada ralada na hora. Tire a infusão do fogo e deixe esfriar naturalmente, sem coar. Coloque a manteiga e as maçãs inteiras e com casca em uma assadeira de barro e despeje sobre elas, até a altura de 2 centímetros, a infusão de hibisco com as rodelas de toranja. Asse as maçãs cerca de 40 minutos em forno preaquecido (210-240 °C), regando-as regularmente. A infusão de hibisco ganha uma textura de xarope e envolve totalmente as maçãs com um verniz. Ponha estas últimas sobre as fatias de brioche tostadas, decore com as folhas de hortelã (como se fossem as folhas da maçã) e salpique com as amêndoas grosseiramente picadas. Saboreie com um autêntico sorvete de creme! E não se esqueça de servir com as rodelas de toranja carameladas e as flores de hibisco.

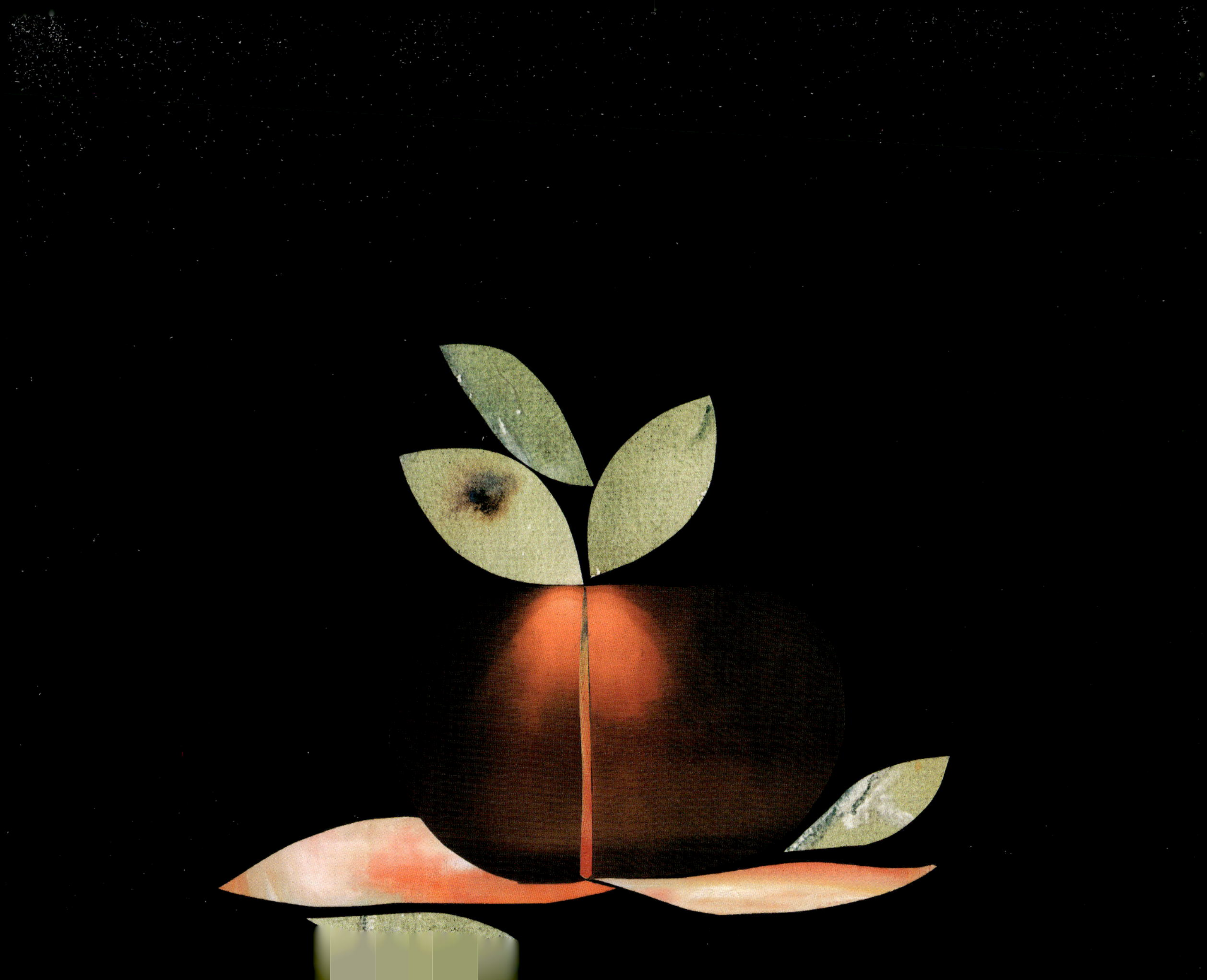

JANEIRO · FEVEREIRO · MARÇO · **ABRIL** · **MAIO** · **JUNHO** · JULHO · AGOSTO · SETEMBRO · OUTUBRO · NOVEMBRO · DEZEMBRO

A história da abóbora e da beterraba

4 pessoas | 300 g de abóbora de pescoço ou moranga | 700 g de beterrabas grandes cruas | 200 g de queijo *emmenthal* fatiado | 100 g de manteiga com sal | folhas de 4 ramos de hortelã | flor de sal | pimenta-do-reino | 1 limão

Que feliz encontro entre essas duas pérolas açucaradas! No papel, é difícil de acreditar, mas, no prato, ele ganha uma força diabólica. Quando a beterraba sangra e pinta a abóbora de fúcsia, é um esplendor para os olhos e uma viagem inesperada para o paladar. Não se acanhe em acrescentar flor de sal para dominar o duo e o duelo açucarado.

Chardonnay do Jura

Em água salgada quase fervente, cozinhe em fogo baixo a beterraba com a casca. Conte cerca de 1 hora de cozimento com a panela tampada e deixe a beterraba amornar na água, com o fogo desligado, durante 40 minutos. Enquanto isso, corte a abóbora em quatro meias-luas e frite-a na manteiga por 40 minutos, em fogo baixo, virando-a. No fim do cozimento, junte as folhas de hortelã fresca, a beterraba descascada e cortada em cubos grandes, o suco de limão e o *emmenthal*, disposto em fatias finas sobre o conjunto. Gratine por alguns minutos e saboreie polvilhado com flor de sal e pimenta-do-reino moída na hora. Uma salada de rúcula pode prolongar agradavelmente os sabores.

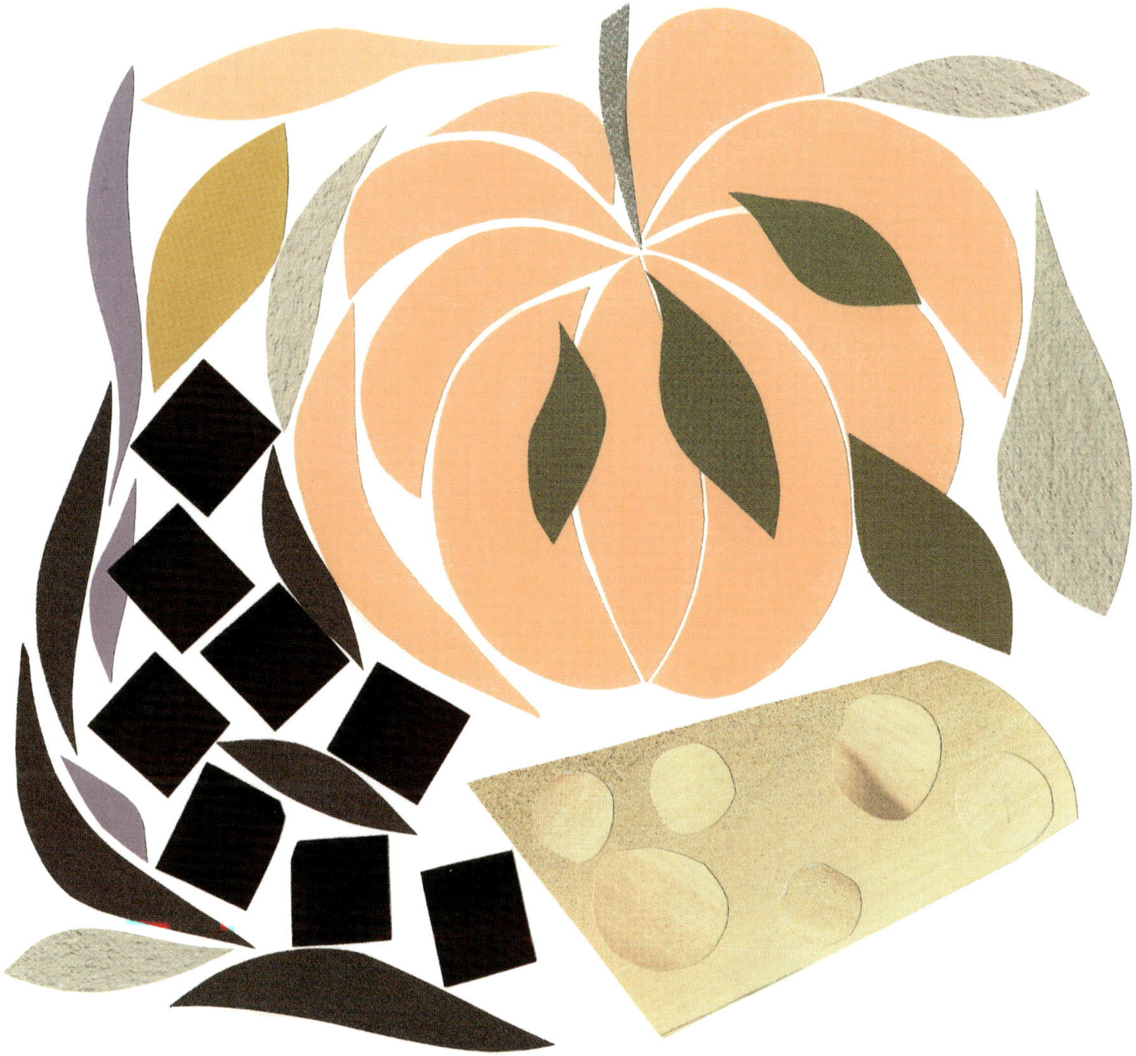

JANEIRO · FEVEREIRO · MARÇO · ABRIL · MAIO · JUNHO · JULHO · AGOSTO · **SETEMBRO** · **OUTUBRO** · **NOVEMBRO** · DEZEMBRO

Folhas de erva-armoles com ruibarbo e louro

4 pessoas ❙ 1 maço grande de erva-armoles[1] ❙ 2 talos de ruibarbo ❙ 2 folhas de louro fresco ❙ 1 maço de beterrabas precoces ❙ 4 porções (do tamanho de uma avelã) de manteiga com sal ❙ 1 colher de sopa de açúcar ❙ 1 colher de sopa de azeite ❙ flor de sal

*Jurançon seco,
Collioure branco*

Para mim, este prato é uma pintura... uma verdadeira sanguina! A erva-armoles é uma folha que merece atenção por sua cor e sabor. Para seduzi-la, encontrei e apresentei a ela três belos perfumes de jardim: o ruibarbo, o louro e a beterraba. Um acompanhamento um tanto insólito para essa folha de textura sedosa. No cozimento, ela libera um suco ácido de transparência rubi.

Em uma panela grande, cozinhe em fogo baixo, de 25 a 30 minutos, os talos de ruibarbo inteiros com a manteiga, um fio de água, o açúcar e as folhas de louro. Deixe caramelizar ligeiramente. Na metade do cozimento, vire os talos com cuidado e junte as beterrabas descascadas e cozidas com a casca em água e sal. Deixe que os sabores e os aromas se misturem. No fim do cozimento, jogue na panela as folhas de erva-armoles; elas vão murchar e se fundir à dupla ruibarbo e beterraba, soltando seu precioso suco sanguíneo. Isso dá a beleza do prato. Finalize com uma pitada de flor de sal e um fio de azeite. Sirva em seguida, compondo harmoniosamente a receita em um prato aquecido.

1. Caso haja dificuldade em encontrar a erva-armoles, é possível substituí-la pelo espinafre. Este não contribuirá com o tom avermelhado do prato, porém o sabor não será prejudicado. (N. E.)

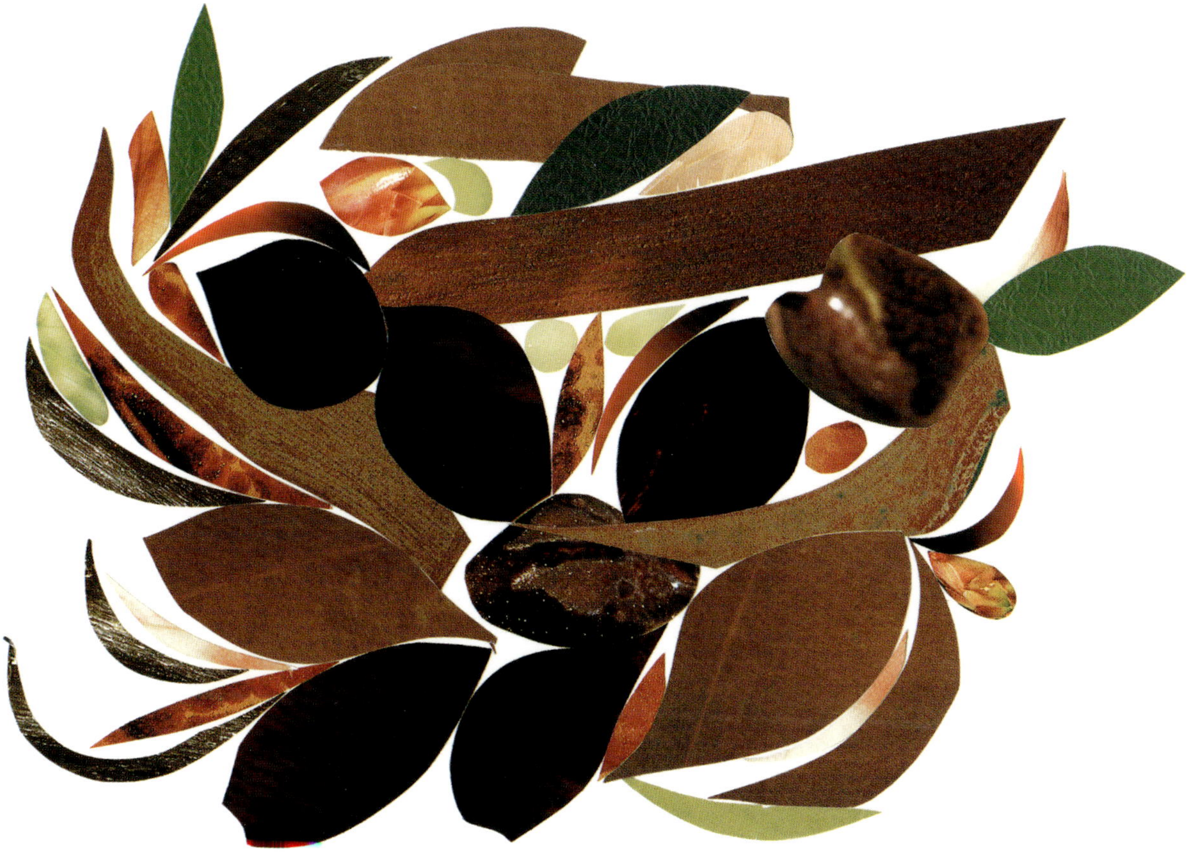

JANEIRO · **FEVEREIRO** · MARÇO · ABRIL · MAIO · JUNHO · JULHO · AGOSTO · SETEMBRO · OUTUBRO · NOVEMBRO · **DEZEMBRO**

Ruibarbo e morangos com laranja e amêndoas caramelizadas

4 pessoas ❘ 4 talos grandes de ruibarbo "sanguina" ❘ 250 g de morangos ❘ 125 g de amêndoas caramelizadas (compradas prontas) ❘ 1 laranja ❘ 100 g de açúcar ❘ 1 naco generoso de manteiga com sal ❘ suco de ½ limão-siciliano ❘ sorvete de baunilha

Esta é uma bela história de amor entre a acidez dos talos do ruibarbo e o açúcar da fruta vermelha... Sinto o aroma da manteiga quente subindo na panela, onde se misturam o pérola do açúcar, o vermelho do morango e o rosa do ruibarbo. A laranja e as amêndoas, únicas testemunhas, salivam por essa saborosa cumplicidade.

Coquetel Cosmopolitan

Em uma panela grande, deixe espumar em fogo baixo, durante 2 minutos, a manteiga com o açúcar. Acrescente, sem sobrepô-los, a laranja cortada em gomos e o ruibarbo cortado em pedaços compridos, de 10 a 12 centímetros. Deixe amolecer, sem misturar as duas polpas, de 20 a 25 minutos, virando delicadamente na metade do cozimento. A manteiga e o açúcar do cozimento devem ficar bem claros. Junte os morangos e as amêndoas inteiras. Deixe amolecer por 7 a 8 minutos sem mexer. A ideia é poder identificar cada ingrediente, preservando sua forma: o ruibarbo deve ficar bem macio e o morango, meio cozido. Monte a sobremesa em quatro pratos mornos, depois solte o açúcar do fundo da panela com algumas gotas de limão. Sirva com uma bola de sorvete de creme e um *palmier* folhado morno.

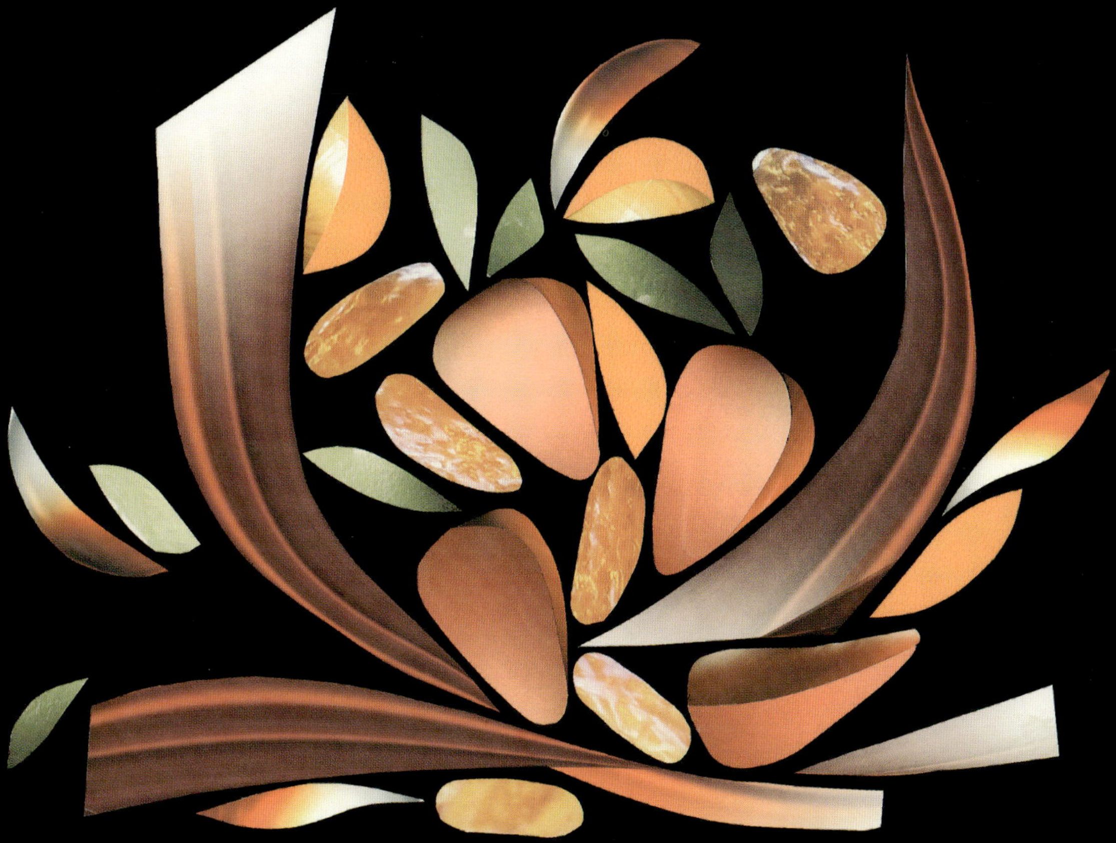

JANEIRO - FEVEREIRO - MARÇO - ABRIL - MAIO - JUNHO - JULHO - AGOSTO - SETEMBRO - OUTUBRO - **NOVEMBRO** - DEZEMBRO

Mosaico verde de verão

4 pessoas | 1 pepino pequeno (75 g) | 1 abobrinha grande (250 g) | 1 maçã verde | 1 prato fundo de favas frescas descascadas (200 g) | folhas de ½ maço de manjericão roxo | 6 colheres de sopa de azeite | 1 limão | 6 pequenos *macarons* de pistache | flor de sal de Guérande | 1 cacho pequeno de uvas brancas

Este mosaico marmorizado me fez sonhar a noite toda... A transparência e a luz dessa receita abrem uma janela para a era da fabulosa gastronomia dos vegetais crus. Um jogo de texturas e sabores cujo tempero é o toque de mestre. Com esta composição "aberta", em que cada ingrediente tem uma função própria, eu o convido a uma suculenta degustação de verão...

Chasselas do Loire ou da Alsácia (vinho branco)

Faça um azeite de manjericão roxo batendo no liquidificador o manjericão, o azeite e uma pitada generosa de flor de sal. Reserve em uma molheira. Em uma saladeira grande, junte o pepino, a abobrinha e a maçã verde cortados em pedacinhos iguais. Junte as favas cruas, sem a pele. Corte os gomos do limão em quatro, sem rompê-los, já sem a casca e a pele branca. Acrescente o limão e os bagos de uva cortados ao meio. Coloque em taças e tempere com um longo fio púrpura de azeite de manjericão e uma fina chuva de flor de sal. Só falta esmigalhar os *macarons*, espalhá-los sobre a mistura e saborear!

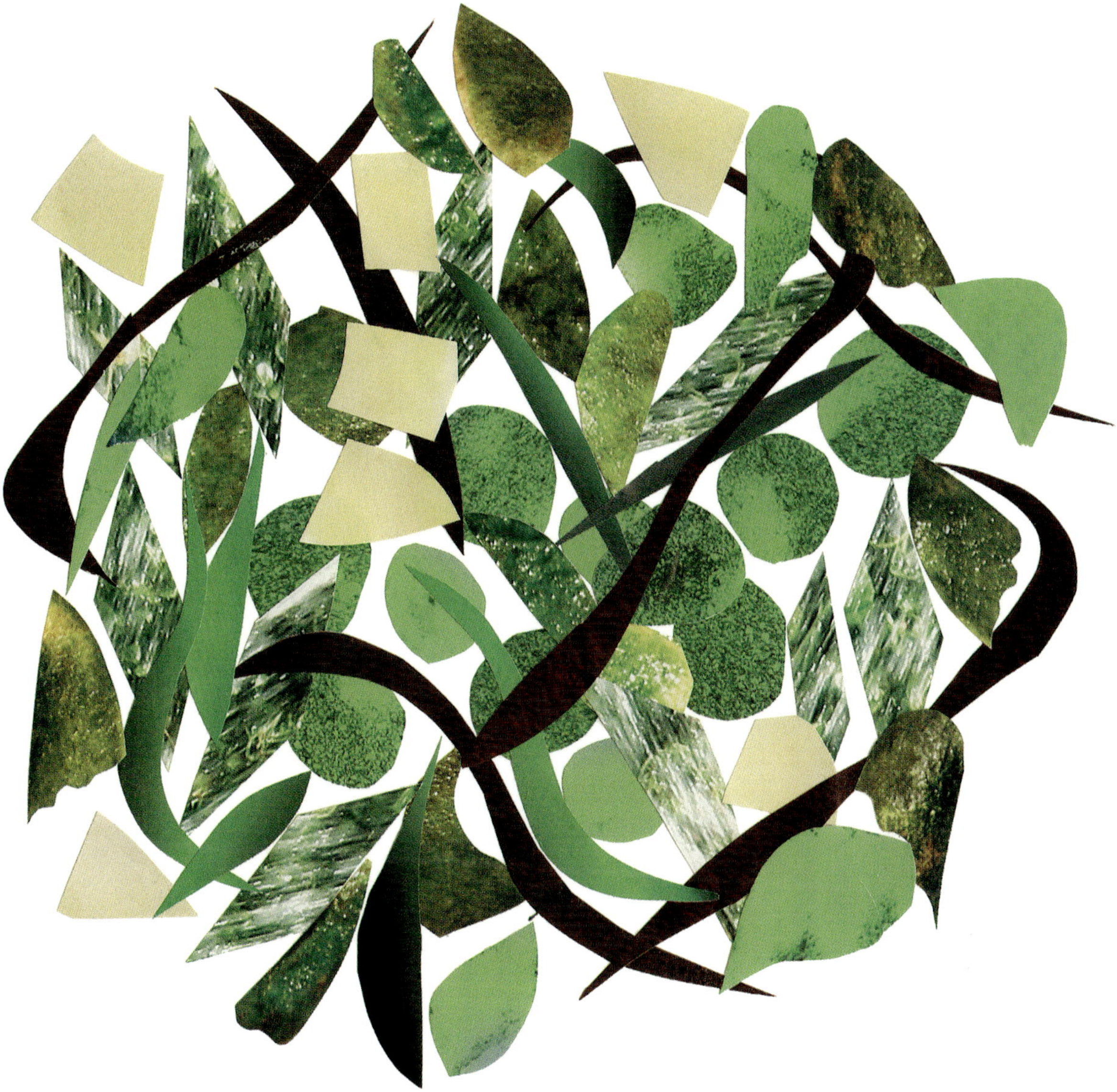

Melão e *roquefort* com pimenta-do-reino

4 pessoas | 1 melão | 200 g de *roquefort* | 3 colheres de sopa de azeite | 1 colher de sopa de vinagre balsâmico tradicional | 1 colher de sopa de pimenta-do-reino grosseiramente moída | 1 maço de azedinha | 1 maço de manjericão roxo | flor de sal

Pineau de Charantes tinto ou Floc de Gascogne

Esta é uma das mais saborosas combinações de quente e frio que conheço. O aroma e a textura do *roquefort* sobre a polpa refrescante do melão maduro... As folhas cruas de azedinha dão um toque de delicada acidez e a pimenta-do-reino realça o conjunto.

Corte o *roquefort* em quatro pedaços iguais e reserve em temperatura ambiente. Corte o melão em quatro, tire as sementes, mas mantenha a casca. Em uma panela grande, cozinhe lentamente o melão com uma colher de sopa de azeite durante 25 minutos, virando sempre. Sirva o melão com o *roquefort*, o manjericão e as folhas de azedinha, temperados com o resto do azeite. Salpique com flor de sal e pimenta-do-reino grosseiramente picada. Assine a receita com um fio de vinagre balsâmico.

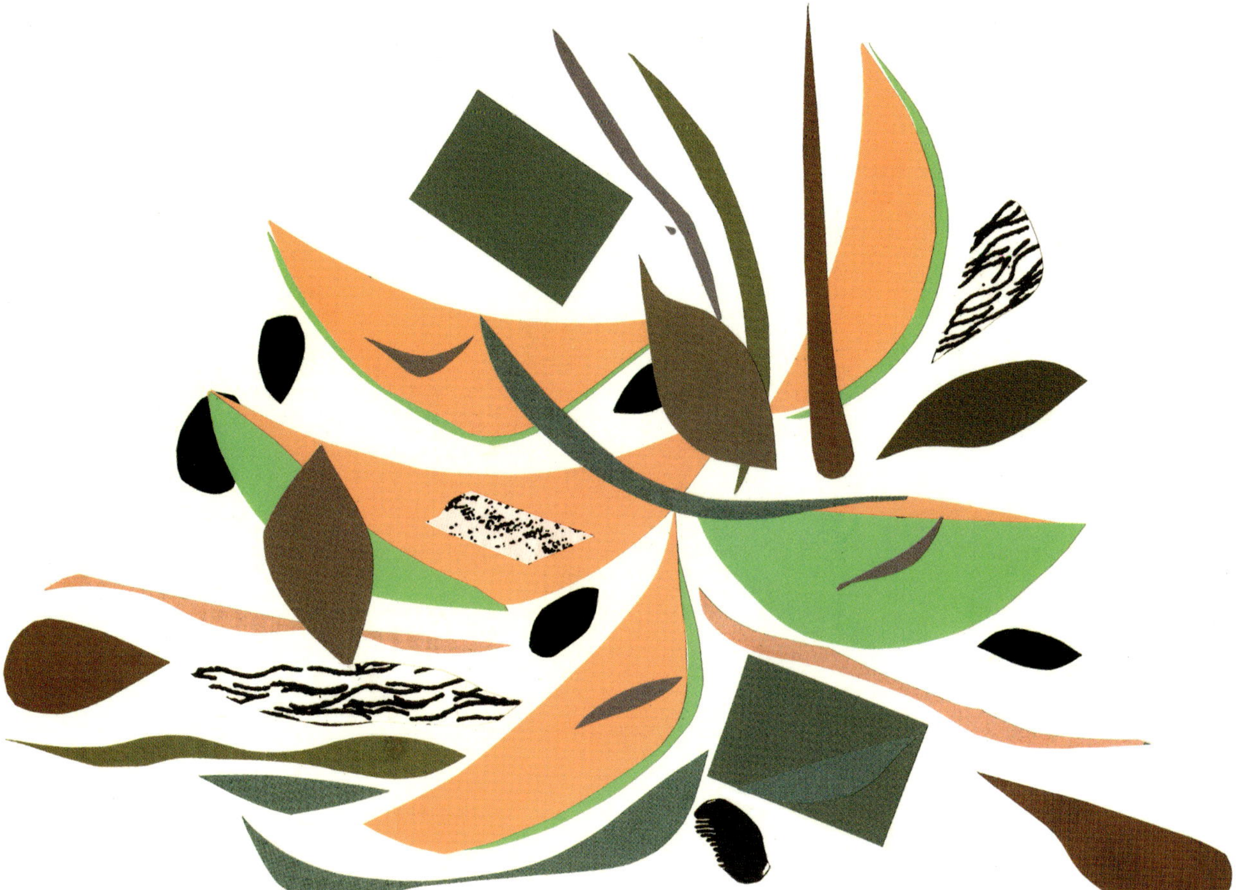

Carpaccio amarelo, cebolas e batatas com alho rosa e raiz-forte

4 pessoas | 2 cebolas grandes | 2 batatas médias cozidas com a casca | 4 colheres de sopa de molho de soja | 8 colheres de sopa de óleo de gergelim | 1 dente de alho rosa | 1 colher de café de sementes de gergelim branco | ½ maço de estragão | 1 raiz pequena de raiz-forte (ou 2 colheres de sopa de molho de raiz-forte comprado pronto) | 70 g de parmesão ralado | suco de ½ limão-siciliano | pimenta-do-reino moída na hora

Rolle da Provença

Minha paixão de outono e inverno! Este prato é cheio de tons e nuances, em que entram o alho rosa e essa pequena maravilha que é a raiz-forte. Ela sustenta o prato e o transporta para outra dimensão. Uma verdadeira harmonia de sabores. A raiz-forte é imprescindível no inverno: adoro esse gostinho de "mostarda" que amplia e revela os sabores dos meus pratos de legumes crus e cozidos.

Como um *carpaccio*, corte as cebolas em fatias finas no sentido do comprimento, com uma faca ou um mandolin (deixe o pedúnculo para que as cebolas não se desmanchem), e apresente-as em um prato de serviço regado com uma mistura de óleo de gergelim e molho de soja. Sobre o *carpaccio* de cebola, coloque rodelas finas de batata cozida, descascadas e ainda mornas. Salpique com parmesão, folhas de estragão picadas grossas, sementes de gergelim branco tostadas na frigideira, pimenta-do-reino moída na hora, um dente de alho rosa cortado em fatias muito finas e a raiz-forte ralada crua. Regue as batatas com o resto da mistura de óleo de gergelim e molho de soja, à qual você adicionou o suco do limão. Sirva com pão torrado.

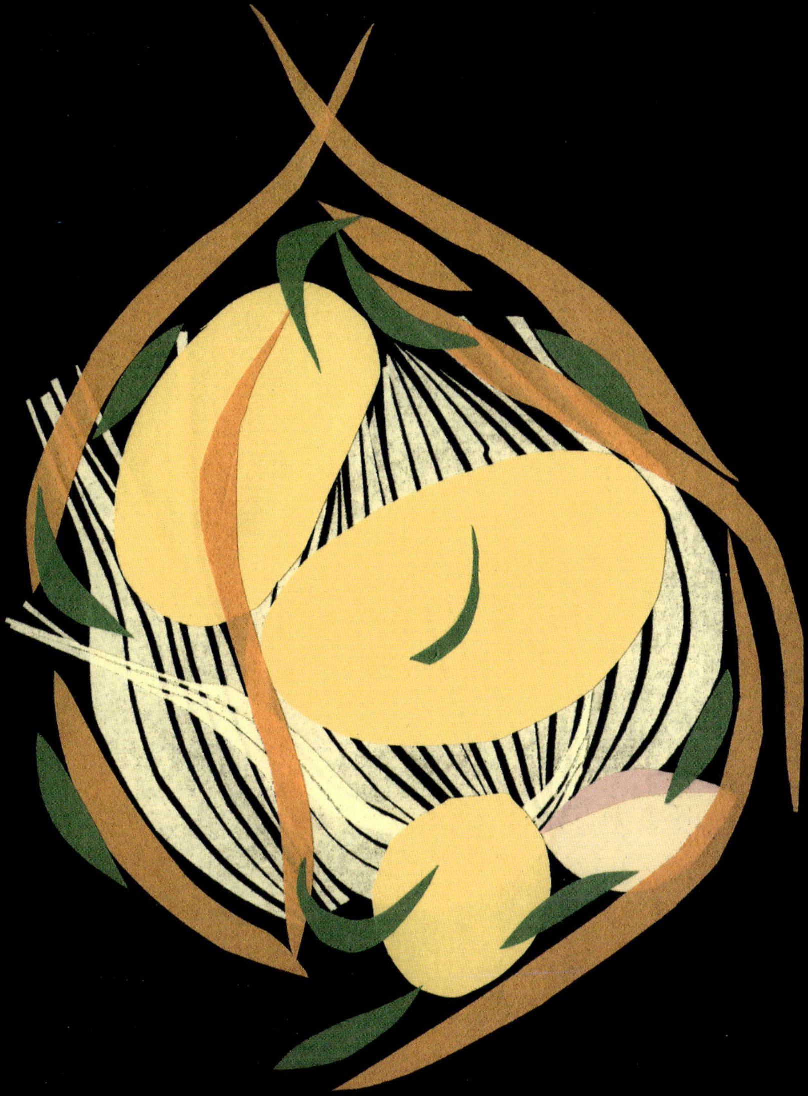

Janeiro - Fevereiro - **MARÇO** - **ABRIL** - **MAIO** - Junho - Julho - Agosto - Setembro - Outubro - Novembro - Dezembro

Peras e rabanetes com *tapenade*, azeite e parmesão

4 pessoas | 2 peras maduras | 600 g de rabanetes redondos de tamanho médio | 75 ml de azeite | 1 vidro de *tapenade*[1] | lascas de parmesão | 2 nacos de manteiga com sal | pimenta-do-reino moída na hora | suco de ½ limão-siciliano | mix de folhas verdes

A pera e o rabanete criam um contraste gustativo que sempre me intrigou. Essa diferença me levou a acreditar que tinham futuro e não me enganei! Para começar, eles ficam bem juntos, e as essências de terra de um em contraste com a doçura açucarada do outro vão seduzi-lo...

Whisky escocês (Islay)

Em uma caçarola, derreta em fogo baixo a manteiga com os rabanetes cortados em quatro. Acrescente água até a metade e cozinhe até a evaporação do líquido. Mexa os rabanetes para que fiquem besuntados com a manteiga e junte o suco de limão. Em uma frigideira, doure em fogo baixo as peras cortadas em quatro em um naco de manteiga. Conte de 25 a 30 minutos de cozimento, virando sempre. Em seguida, em um prato de serviço aquecido, junte os dois parceiros. Ponha entre eles uma colherada de *tapenade*, a manteiga do cozimento dos rabanetes, alguns fios de azeite, uma pitada de flor de sal e pimenta-do-reino moída na hora. Espalhe lascas de parmesão e circunde com folhas verdes temperadas com azeite.
Divirta-se com esta iguaria insólita, o casamento de um grande sedutor com uma dama do fim de outono.

1. A *tapenade* é uma pasta típica da região da Provença, no sul da França. É feita com azeitonas, alcaparras, anchovas e azeite. No Brasil, é possível encontrá-la em boas lojas de produtos importados. Para fazê-la em casa, uma sugestão é processar (em um *mixer* ou processador) ou socar, até obter uma pasta, 200 g de azeitonas pretas sem caroço, 50 g de alcaparras, 50 g de filés de anchova e 150 ml de azeite. (N. T.)

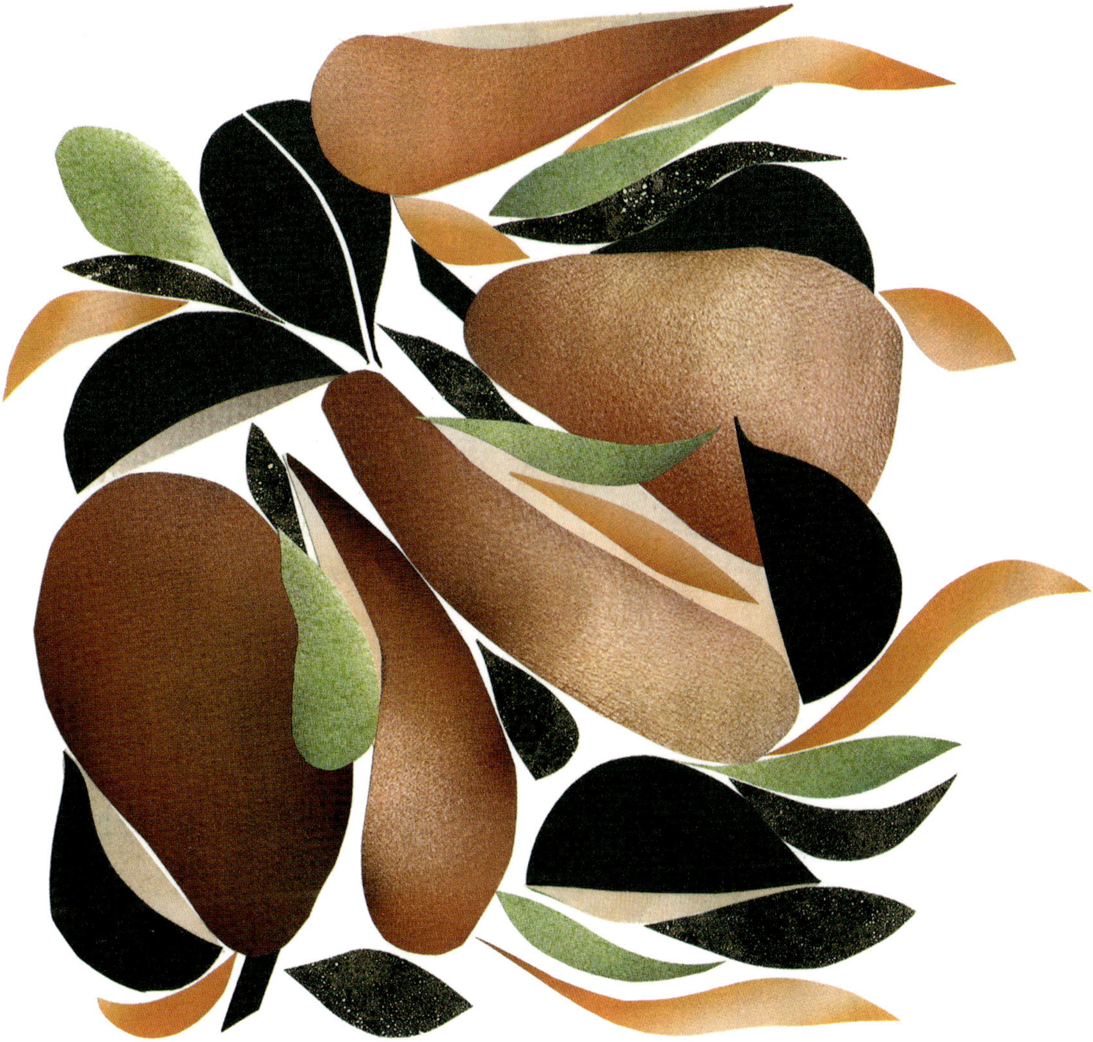

Folhas verdes picantes com mostarda de Dijon e laranjas confitadas ao molho de soja

4 pessoas | mix de folhas verdes da estação | 1 laranja | suco de 1 laranja | 1 prato de sobremesa de lascas de parmesão (cerca de 100 g) | 1 colher de café de mostarda de Dijon "untuosa" | 8 colheres de sopa de azeite | 1 colher de sopa de vinagre de framboesa | 1 colher de sopa de açúcar | 4 colheres de sopa de molho de soja | pimenta-do-reino moída na hora

Laranja e molho de soja? Eis um delicioso tempero para saladas! A combinação lembra o toque picante da pimenta. Não há nada igual para dar tônus ao cardápio ou substituir uma tábua de queijos.

Sancerre branco jovem

No mandolin, corte a laranja em rodelas finas. Espalhe-as no fundo de uma panela larga, sem sobrepô-las. Cubra com o molho de soja, o vinagre de framboesa, o suco de laranja, o açúcar e a pimenta-do-reino (oito voltas no moedor). Cozinhe em fogo baixo, virando-as até que o líquido evapore completamente. As rodelas de laranja devem ficar macias, com a casca se desmanchando. Em uma saladeira, bata a mostarda e o azeite com energia, para que se misturem bem. Acrescente a esse molho o mix de folhas verdes, a laranja caramelizada e o parmesão. Com talheres de salada, mexa delicadamente e sirva com pão torrado. Pode ser degustado, por exemplo, com um *magret* de pato grelhado.

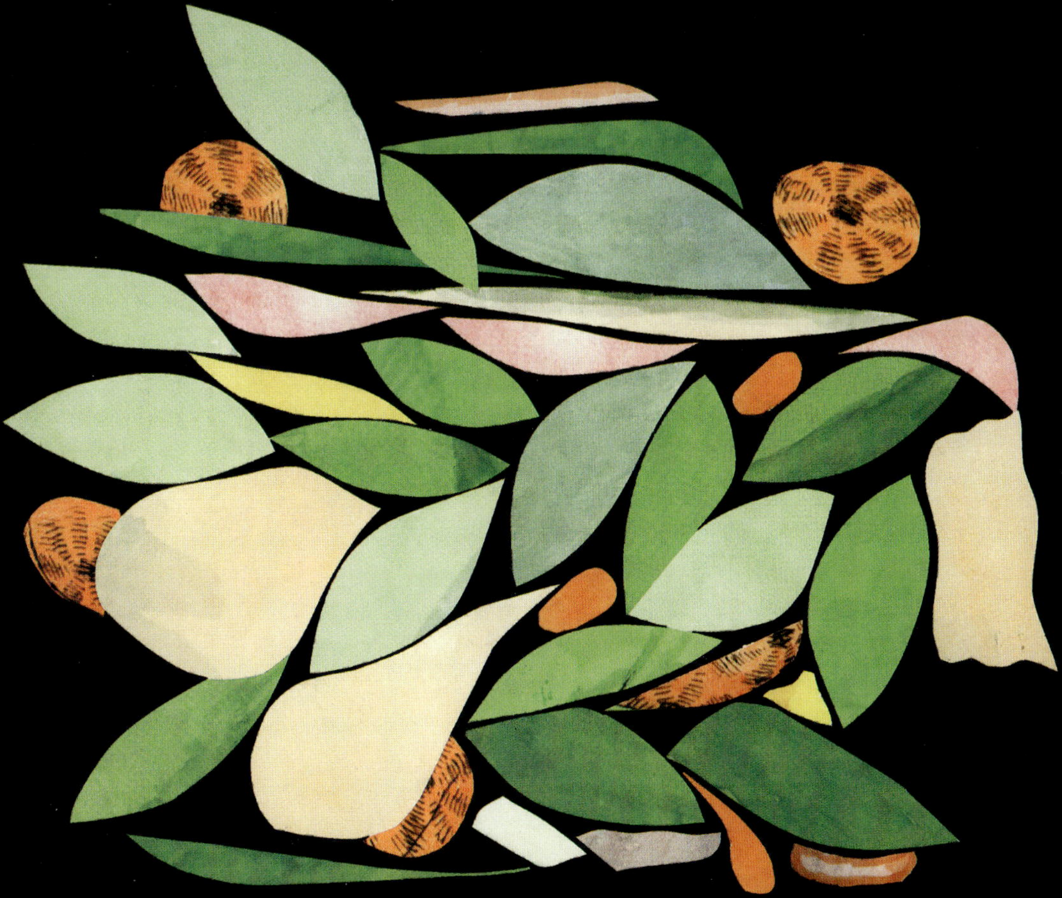

Jardineira "arlequim" com tâmaras recheadas

4 pessoas | 1 maço pequeno de cenouras com as folhas | 1 maço pequeno de nabos roxos e amarelos com as folhas | 1 maço pequeno de beterrabas com as folhas | 1 caixinha de tomates-cereja amarelos, vermelhos, verdes... | 1 miolo de repolho roxo ou verde | 4 flores de abobrinha | 1 berinjela grande | 1 cebola grande | 4 tâmaras Medjool grandes | folhas de 2 ramos de hortelã | folhas de 4 ramos de coentro | 1 tigela de sêmola para cuscuz (cerca de 200 g), de preferência fina | 300 ml de leite | 80 g de manteiga com sal | 1 vidro de geleia de limão-siciliano[1] | 2 fios de azeite | 1 colher de sopa de óleo de *argan*[2] | 1 pitada de cominho | flor de sal

Uma bela homenagem à gastronomia marroquina com o que lhe dá reputação e qualidade: *argan*, cominho, limão, tâmaras e hortelã... Esta receita é uma agradável viagem de sabores e aromas pelos *souks*[3]... E a lista de ingredientes pode variar de acordo com a estação do ano e o desejo do *chef*.

Chá marroquino de hortelã

Em água salgada, cozinhe separadamente, com a casca, todas as raízes (cenouras, nabos e beterrabas). Ao mesmo tempo, em fogo baixo, cozinhe no leite a cebola picada fina, o cominho, a metade da manteiga e um fio de azeite. Conte 5 minutos de cozimento. Em seguida, emulsione no liquidificador e reserve em banho-maria. Tire o caroço das tâmaras. Recheie-as com a geleia de limão-siciliano e aqueça-as em uma frigideira com 20 g de manteiga. Hidrate a sêmola no vapor e perfume-a com o óleo de *argan*. Reserve. Em uma frigideira, salteie em um fio de azeite, por 2 a 3 minutos, a berinjela cortada em rodelas finas, os tomates-cereja, o miolo de repolho desfolhado e as flores de abobrinha cortadas em quatro no sentido do comprimento. Tempere com flor de sal. Arrume em um prato de serviço aquecido com as raízes descascadas e temperadas com flor de sal, as tâmaras recheadas e a emulsão ainda quente. Salpique com a sêmola e com as folhas de hortelã e coentro picadas finas. Tempere com flor de sal e sirva imediatamente.

O princípio deste prato não é enterrar os legumes, mas salpicá-los com a sêmola, deixando à vista todas as cores do arlequim. Para dar leveza ao prato, desfaça os grumos de sêmola com as mãos.

1. Caso não encontre a geleia de limão-siciliano, é possível substituí-la por geleia de laranja. (N. R. T.)
2. Produto típico do Marrocos. (N. T.)
3. Mercados típicos dos países árabes. (N. T.)

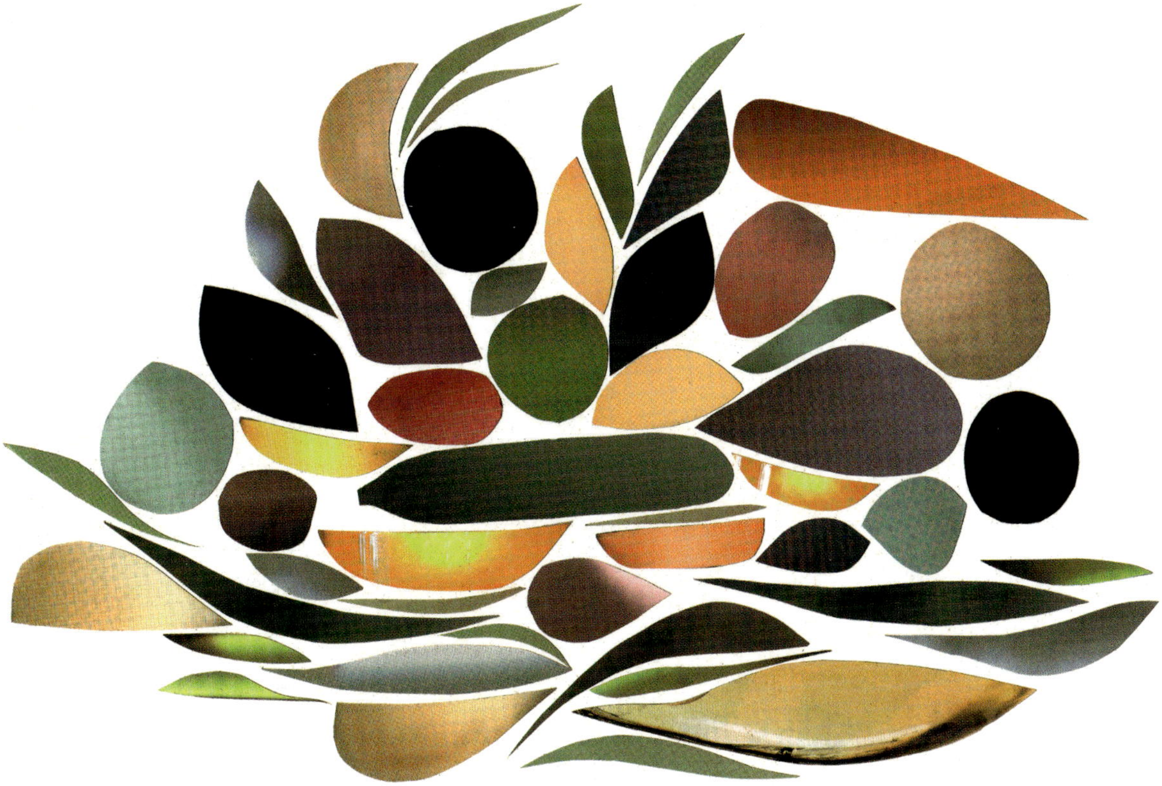

JANEIRO - FEVEREIRO - MARÇO - ABRIL - MAIO - JUNHO - JULHO - AGOSTO - **SETEMBRO** - **OUTUBRO** - **NOVEMBRO** - DEZEMBRO

Batatas com casca e rúcula ao vinagre de framboesa

4 pessoas | 12 batatas do tamanho de um ovo | 1 maço de cebolinhas com o bulbo | 1 cebola grande | 1 maço grande de rúcula | 1 maço de cerefólio | vinagre de framboesa | 12 porções (do tamanho de uma noz) de manteiga sem sal | 1 fio de azeite | molho de soja | 12 pontas de faca de cominho | flor de sal

Gosto de brincar com os doces, amargos e ácidos e, neste prato, reuni os três: a batata, a rúcula e o vinagre de framboesa. É uma combinação para saborear, mas principalmente para apreciar os aromas... Quanto ao molho de soja, é importante que seja de boa qualidade. É ele que faz o trabalho pesado e ativa as papilas. Eu adoro esse trio!

Pinot Noir da Alsácia

Em forno preaquecido (150-180 °C), asse as batatas com a casca, colocando a forma diretamente sobre a placa do forno. Conte 35 minutos de cozimento. Deixe as batatas amornarem no forno desligado, com a porta entreaberta, por 20 minutos. O objetivo é obter uma polpa macia, por isso não se acanhe em alterar o tempo de cozimento, dependendo da variedade da batata e da temperatura do forno. Em seguida, faça um corte na casca das batatas para que a polpa macia e fumegante "apareça". Ponha em cada incisão uma porção (do tamanho de uma avelã) de manteiga, uma ponta de faca de cominho e algumas gotas de molho de soja (deixe o molho à disposição sobre a mesa, durante a refeição). Sirva as batatas com uma bela salada de rúcula temperada com fatias finas de cebolinha, cerefólio picado miúdo, um longo fio de azeite, uma colher de sopa de vinagre de framboesa e uma pitada de flor de sal. No prato, combine a salada de rúcula com a batata para ressaltar estes três fortes contrastes: o sabor, a textura e a temperatura. Então é só apreciar o calor da batata com o frescor da salada!

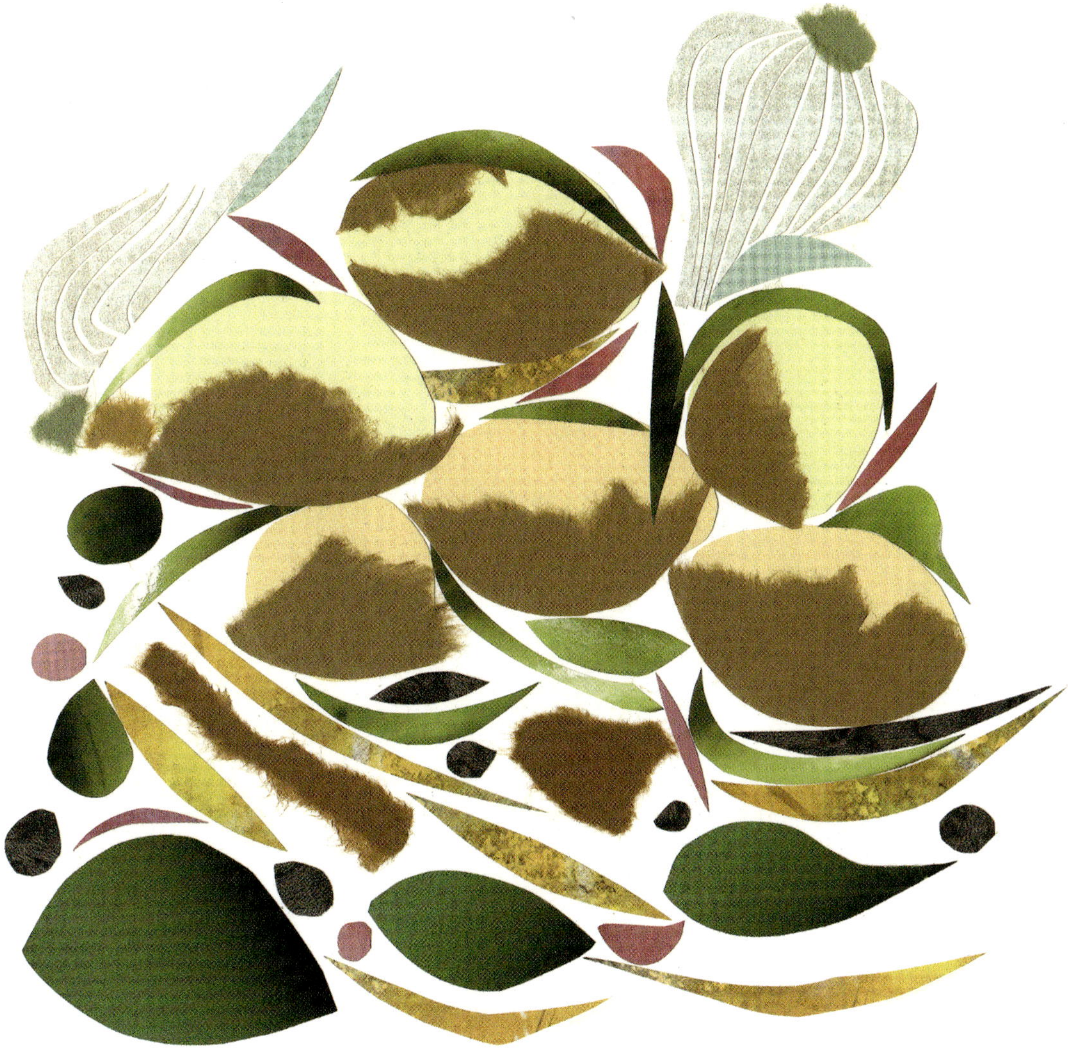

JANEIRO · FEVEREIRO · MARÇO · ABRIL · MAIO · JUNHO · JULHO · AGOSTO · **SETEMBRO** · **OUTUBRO** · **NOVEMBRO** · DEZEMBRO

Cenouras-bolinha e azedinha ao Savagnin

4 pessoas | 24 cenouras-bolinha[1] | 1 maço de azedinha | 150 g de manteiga com sal | 1 longo fio de óleo de avelã | 750 ml de Savagnin Côtes du Jura[2] | flor de sal | 4 dentes de alho amassados | 1 colher de sopa de gengibre fresco bem picado

Chardonnay e vinho de corte, Savagnin du Jura

O açúcar da cenoura em contraste com a acidez da azedinha: um belo duelo em que o árbitro é o Savagnin (meu vinho de cozinha preferido, o que resiste melhor ao cozimento). Esta receita serve como uma entrada saborosa, original e elegante, mas também como uma guarnição delicada para um linguado ou uma galinha-d'angola...

Lave com cuidado essas saborosas cenourinhas esféricas (sem descascá-las, basta escová-las), preservando de 3 a 4 centímetros dos ramos. Cozinhe de 10 a 12 minutos na água ou no vapor, escorra e deixe amornar. Enquanto isso, em uma panela, reduza à metade o Savagnin com o gengibre fresco e o alho. Acrescente a manteiga e o óleo de avelã. Bata o molho no *mixer* para dar-lhe uma bela untuosidade. Tempere com flor de sal e pimenta-do-reino branca moída na hora. Reaqueça as cenouras, mergulhando-as no molho de Savagnin e cozinhando-as por 10 minutos (evite que o molho entre em ebulição). Acrescente as folhas de azedinha, deixe o molho cozinhar em fogo baixo por 20 minutos ou até que as folhas amoleçam. Sirva em pratos fundos aquecidos e saboreie o contraste.

1. Pela dificuldade de se encontrar a cenoura-bolinha, é possível substituí-la pela cenoura precoce. (N. E.)
2. Caso não encontre Savagnin Côtes du Jura, substitua-o por Sauvignon Blanc. (N. T.)

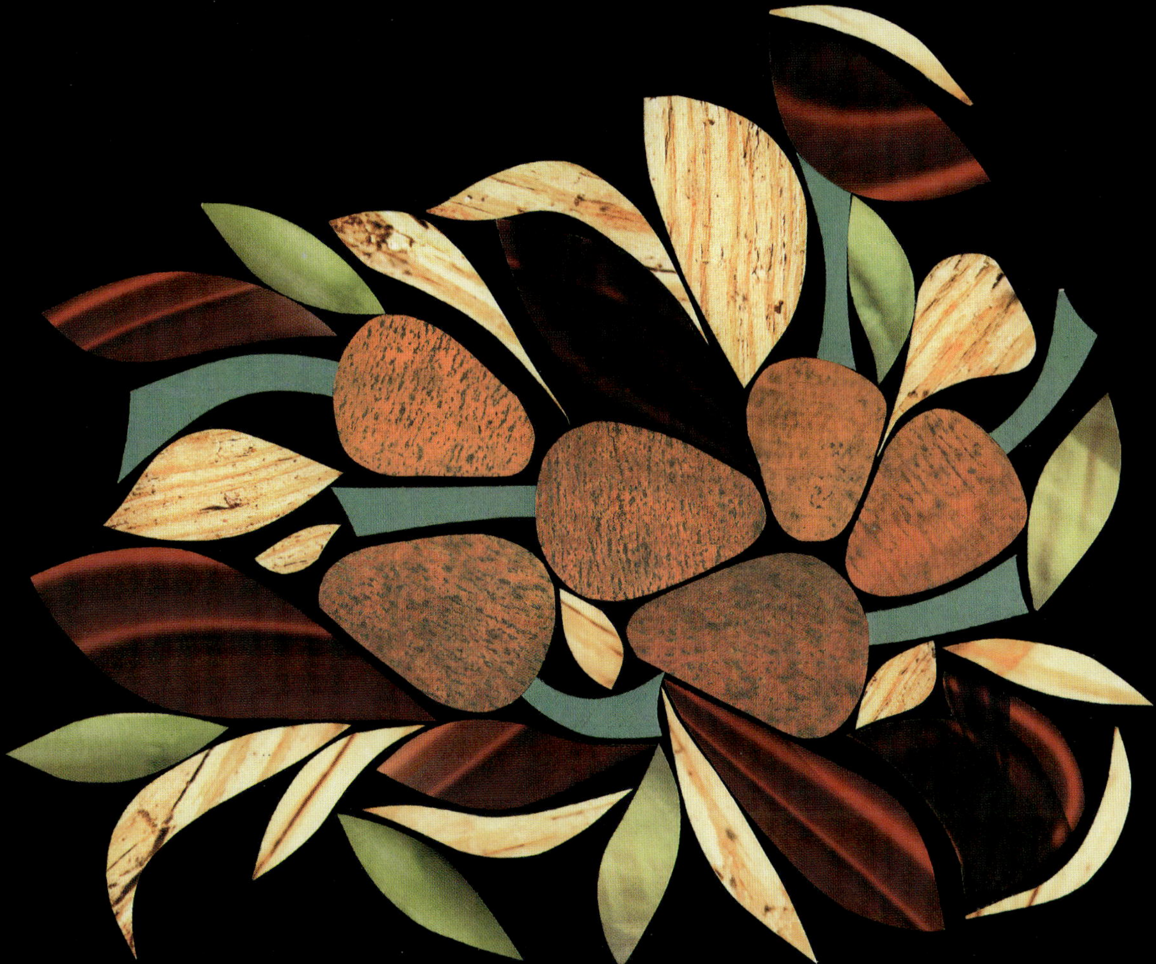

JANEIRO - FEVEREIRO - MARÇO - ABRIL - MAIO - JUNHO - JULHO - AGOSTO - **SETEMBRO** - **OUTUBRO** - **NOVEMBRO** - DEZEMBRO

Pimentões recheados de ervas no canapé

4 pessoas ❘ 1 filão de pão italiano ❘ 1 pedaço de parmesão ❘ 2 pimentões grandes, da cor de sua preferência ❘ ½ limão ❘ 8 colheres de sopa de azeite
Para o recheio ❘ ½ maço de coentro ❘ ½ maço de cerefólio ❘ ½ maço de manjericão ❘ ½ maço de cebolinha-francesa ❘ 2 dentes de alho ❘ 2 cebolinhas com bulbo (cerca de 60 g) ❘ 1 maço de azedinha ❘ 40 g de manteiga com sal ❘ flor de sal ❘ 80 g de favas frescas, sem pele

Esta mistura de ervas finas é um desafio ao monumento dos sabores e aromas: o majestoso pimentão. É por sua nobreza, aliás, que o "magnífico" é apresentado em um macio canapé...

Vinho tinto da Espanha

Prepare o delicado recheio: pique bem miúdas as ervas, a azedinha, o alho, as favas e os bulbos da cebola. Em uma panela, derreta a manteiga em fogo baixo e deixe espumar. Acrescente o precioso recheio. Refogue alguns instantes, mexendo com uma colher. Tempere com flor de sal, prove e deixe amornar em um prato.
Grelhe os pimentões até formarem bolhas, para pelá-los com mais facilidade. Corte-os em dois no sentido do comprimento, tire as sementes e, com a ajuda de uma colher, encha-os com o delicado recheio. Em forno preaquecido (180-210 °C), asse-os por 30 minutos em uma forma untada com duas colheres de sopa de azeite. Corte dois pedaços de pão de 12 a 15 centímetros de comprimento e divida-os ao meio como se fosse fazer um sanduíche. Tire os pimentões do forno, ponha os pães na forma e cubra cada um deles com uma metade de pimentão. Termine o cozimento no forno (30 minutos) com a porta aberta, para que o pão pegue os sabores do pimentão. Depois de tirar os canapés do forno, salpique-os com parmesão e flor de sal. Sirva com um belo mix de folhas verdes e algumas gotas de limão.

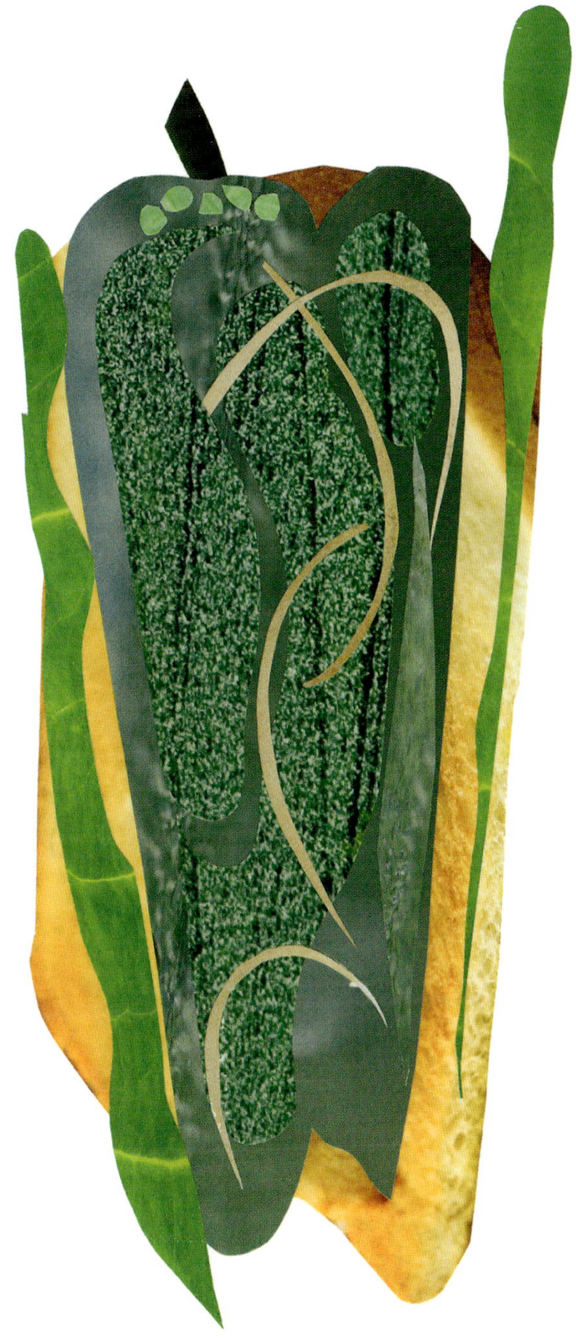

Maçãs e endívias roxas com sálvia e manteiga

4 pessoas I 2 endívias roxas I 2 maçãs vermelhas I folhas de 2 ramos de sálvia I 4 nacos grandes de manteiga com sal I 1 colher de café de açúcar I 1 limão-siciliano I flor de sal I noz-moscada

Riesling da Alsácia

Valorizo novamente a graça do amargor, agora da endívia roxa, que, em minha opinião, é mais sutil do que o da branca... Convido e ofereço à endívia o sabor da maçã vermelha e o perfume da folha de sálvia. Ela se serve bem de ambos, apoiando-se na doçura do primeiro e no frescor do segundo. Nesta receita tão delicada, o sal da manteiga tem a palavra final: é ele que dá ritmo ao prato. Para saborear sem demora.

Em uma frigideira, doure em fogo baixo, por 10 a 12 minutos, as maçãs cortadas em fatias finas (0,5 centímetro) com a manteiga (2 nacos). Na metade do tempo, vire as fatias de maçã e acrescente as endívias desfolhadas, as folhas de sálvia e o açúcar. Misture e deixe cozinhar. Tempere com flor de sal e noz-moscada ralada na hora e adorne com a casca de um limão ralada no ralo fino. Sirva em um prato aquecido como entrada ou guarnição de pato no espeto. Importante: recupere a manteiga do cozimento das maçãs e das endívias e o caldo do fundo da panela com o suco do limão-siciliano e os 2 nacos restantes de manteiga. O molho obtido serve para regar o prato. As maçãs e as endívias devem apresentar uma bela cor dourada e estar ligeiramente confitadas no momento de servir.

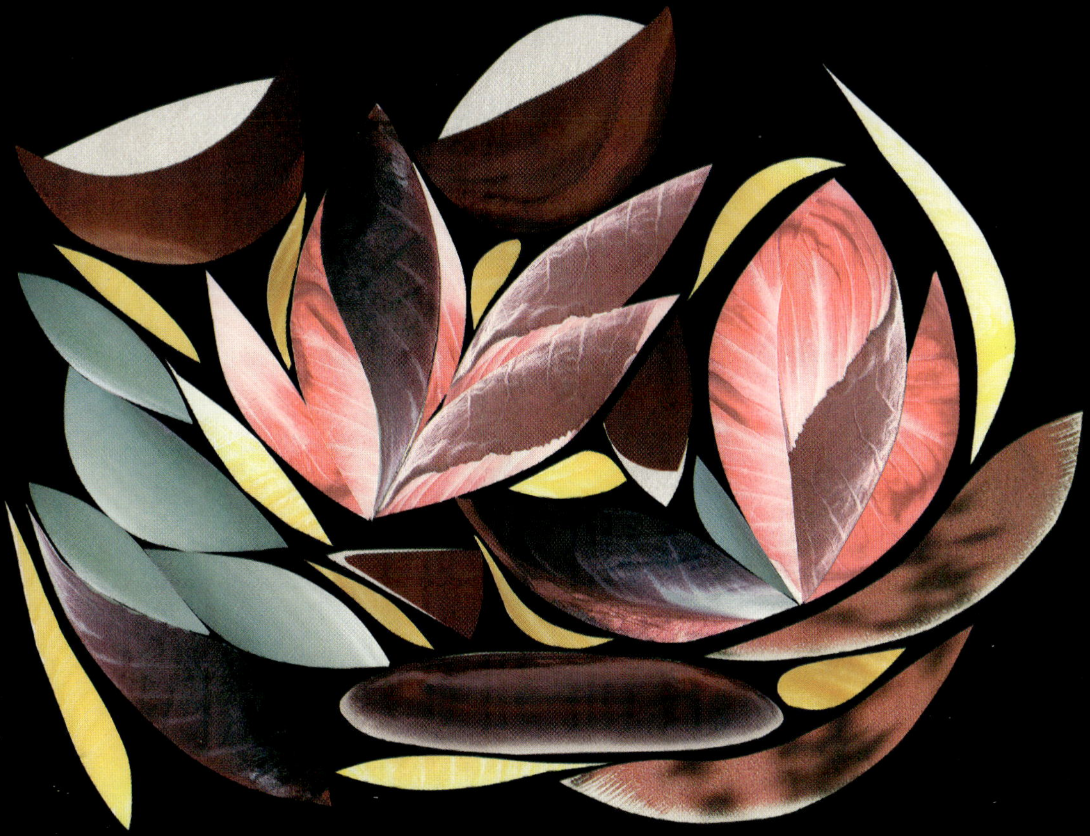

JANEIRO · **FEVEREIRO** · **MARÇO** · **ABRIL** · MAIO · JUNHO · JULHO · AGOSTO · SETEMBRO · OUTUBRO · NOVEMBRO · DEZEMBRO

Nabos roxos e tomates-caqui com Saint-Amour e ovos quentes

4 pessoas | 2 maços de nabos pequenos | 3 tomates-caqui de tamanho médio | 1 garrafa de Beaujolais Saint-Amour (750 ml) | 4 ovos tipo extra frescos | 4 porções (do tamanho de uma avelã) de manteiga com sal | 1 maço de cebolinha-francesa | flor de sal | *quatre-épices*[1] | 2 dentes de alho | ½ maço de cebolinhas com bulbo

Aparentemente, o nabo e o tomate não têm nada em comum. Aliás, no prato, eles raramente se falam... Tive de procurar e provar um belo Beaujolais para fazer nascer entre eles uma delicada relação.

Gamay de Beaujolais, Saint-Amour, Morgon, Moulin-à-Vent

Em uma panela grande, coloque lado a lado os nabos cortados em quatro ou em fatias (conforme o tamanho), os tomates cortados em quatro, as cebolas picadas, os dentes de alho amassados e as porções de manteiga. Estufe-os em fogo baixo por 10 a 12 minutos, sem deixar pegar cor, e comece a acrescentar o vinho aos poucos. A dica é nunca cobrir os nabos com o vinho, mas adicioná-lo colher a colher, deixando reduzir antes de acrescentar mais. Desse modo, a identidade do nabo é preservada e o prato ganha contrastes. Depois que todo o vinho for reduzido, o fundo da panela apresentará uma mistura saborosa, suave e perfumada. Tempere com uma pitada de flor de sal e *quatre-épices* e salpique com cebolinha-francesa picadinha. Monte em pratos aquecidos. Os ovos quentes devem ser servidos à parte, em porta-ovos. Para um resultado ainda mais delicioso, regue a guarnição com a gema do ovo, e não se esqueça da clara.

1. Literalmente, "quatro especiarias" é uma mistura em geral composta de pimenta-do-reino, cravo-da-índia, noz-moscada e gengibre (ou canela), todos em pó. (N. T.)

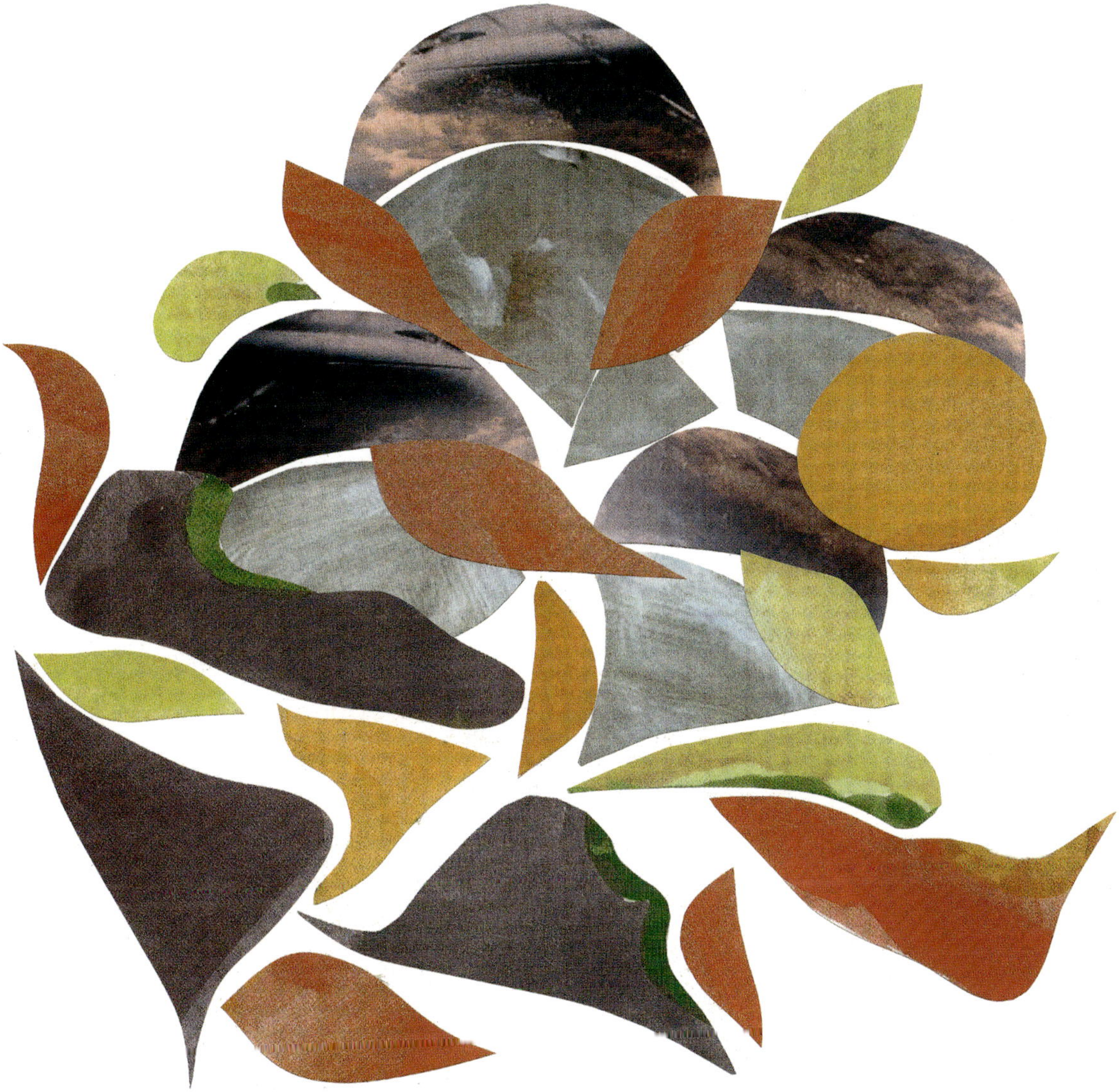

Creme de abóbora ao manjericão e *cappuccino*

4 pessoas | 400 ml de leite + 250 ml para o *cappuccino* | 4 colheres de sopa de azeite | ½ maço de manjericão | flor de sal | 300 g de abóbora cortada em cubinhos (por exemplo, *kabocha* ou abóbora japonesa)

Para mim, a abóbora e o manjericão são o sol e a sombra: sempre adorei casar essas duas cores tão apetitosas e visualmente complementares. Nesse creme, o sabor doce e quente da abóbora é realçado pelo aroma do manjericão. Um regalo de frescor e elegância!

Pinot gris da Alsácia

Coloque os pedaços de abóbora em uma panela e cubra com o leite. Cozinhe em fogo baixo, levando a uma ligeira ebulição. Deixe cozinhar por 40 minutos. No fim do cozimento, acrescente o azeite, as folhas de manjericão e a flor de sal. Em seguida, bata tudo no liquidificador a fim de obter um caldo de textura leve e cremosa, com um perfume floral agradável e refinado.

Ferva o leite reservado para o *cappuccino*. Com a ajuda de um *mixer*, agite-o e recolha a espuma.

Despeje o creme em uma sopeira aquecida e sirva com a espuma do leite... Saboreie também como último prato, substituindo o *cappuccino* por chantilly.

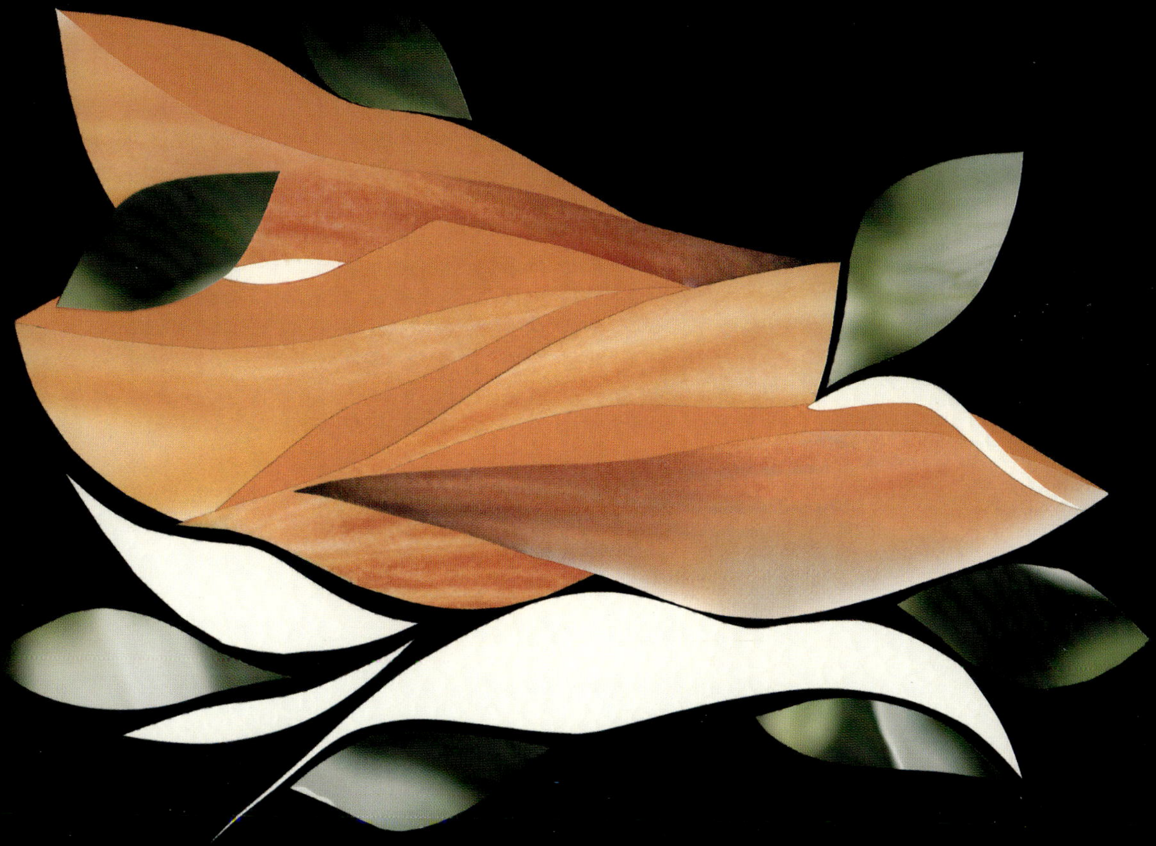

JANEIRO - FEVEREIRO - **MARÇO** - **ABRIL** - **MAIO** - JUNHO - JULHO - AGOSTO - SETEMBRO - OUTUBRO - NOVEMBRO - DEZEMBRO

Emoção púrpura ao parmesão

4 pessoas | 1 cebola roxa grande | 2 beterrabas cruas | ½ maço de manjericão roxo | pontas de aspargos cozidas no vapor | 1 pires de lascas de parmesão | 1 fio de vinagre balsâmico tradicional | 8 colheres de sopa de azeite | flor de sal de Guérande | pimenta-do-reino moída na hora

Mais uma vez, a cor é o fio que conduz a criação da receita. Nestes três roxos – da cebola, do manjericão e da beterraba –, encontro unidade e semelhança de sabores e aromas. Divirta-se!

Malbec de Cahors (tinto)

Cozinhe as beterrabas com a casca em água e sal por cerca de uma hora, com a panela tampada, sem ferver demais. Deixe amornar na água do cozimento. Escorra e descasque. Corte em quatro partes iguais e arrume ainda mornas em um prato de serviço aquecido. Salpique com a cebola crua finamente cortada no mandolin, as folhas de manjericão, as pontas de aspargos, o parmesão, o vinagre, o azeite, a flor de sal e a pimenta-do-reino moída na hora.
Delicioso também com beterrabas "primaveris", com folhas, como na colagem.

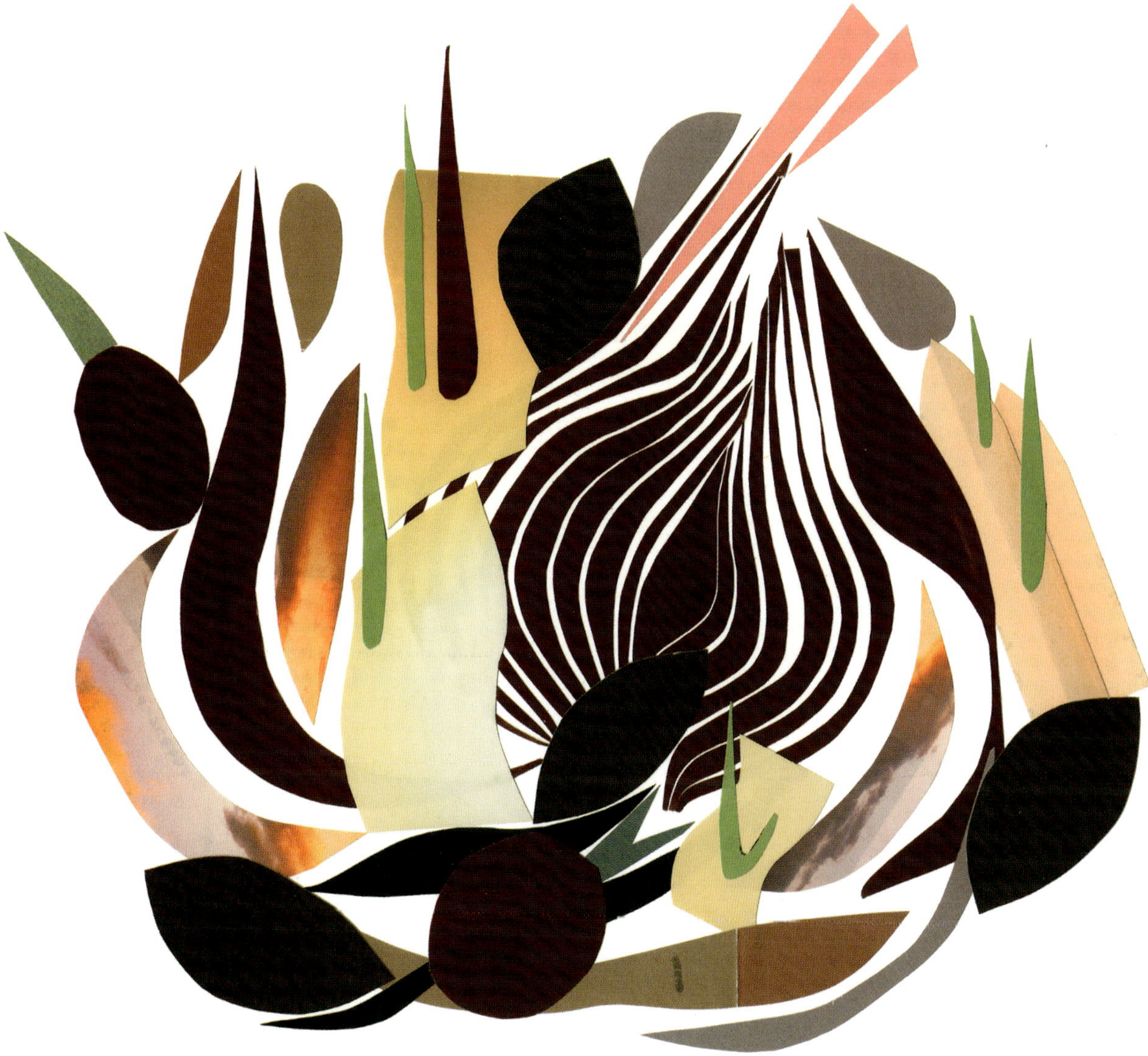

JANEIRO · FEVEREIRO · MARÇO · ABRIL · MAIO · JUNHO · JULHO · AGOSTO · **SETEMBRO** · **OUTUBRO** · **NOVEMBRO** · DEZEMBRO

Berinjelas roxas ao *curry* verde

4 pessoas | 2 berinjelas grandes de cerca de 200 g cada | 16 colheres de sopa de azeite | 1 cebola grande | ½ talo de capim-limão fresco | 1 dente de alho | 1 pedaço de pimenta-verde mais ou menos grande, conforme o picante | ½ maço de coentro | 1 ponta de faca de *curry* de Madras, mais ou menos forte, segundo o gosto do *chef* | ½ maço de salsinha | ⅓ de limão | flor de sal de Guérande

Um dos mais belos "arpejos gustativos" que conheço... A polpa saborosa e macia da berinjela assada no forno com os aromas múltiplos do misterioso *curry* verde.

Languedoc tinto: Corbières, Faugères

Corte as berinjelas ao meio no sentido do comprimento, quadricule a polpa com a ajuda de uma faca pequena e regue com as oito colheres de sopa de azeite. Asse em forno preaquecido (200 °C) de 30 a 40 minutos, virando-as na metade do tempo. Enquanto isso, faça o *curry* verde: na faca ou no mandolin, pique em pedaços muito miúdos a cebola e refogue-a em fogo baixo no azeite restante, até que fique translúcida, mas não dourada (conte de 20 a 25 minutos). Na metade do tempo, acrescente as folhas de salsinha e coentro, o capim-limão fresco picado muito fino, o alho, a pimenta-verde, o limão com a casca e a ponta de *curry*. No fim do cozimento, bata tudo no liquidificador (ou no pilão): o *curry* deve ficar com uma textura leve, não muito líquido. Se necessário, acrescente azeite para dar mais homogeneidade. Prove, tempere com flor de sal e sirva em formato de croquete com as metades de berinjela quentes, igualmente salpicadas com flor de sal. Agora só falta degustar, buscando um bom equilíbrio entre a berinjela e o *curry*...

É uma belíssima entrada ou mesmo uma boa guarnição para cordeiro no espeto ou frango assado. O *curry* se conserva bem na geladeira, coberto por uma fina película de azeite. Pode ser usado como condimento.

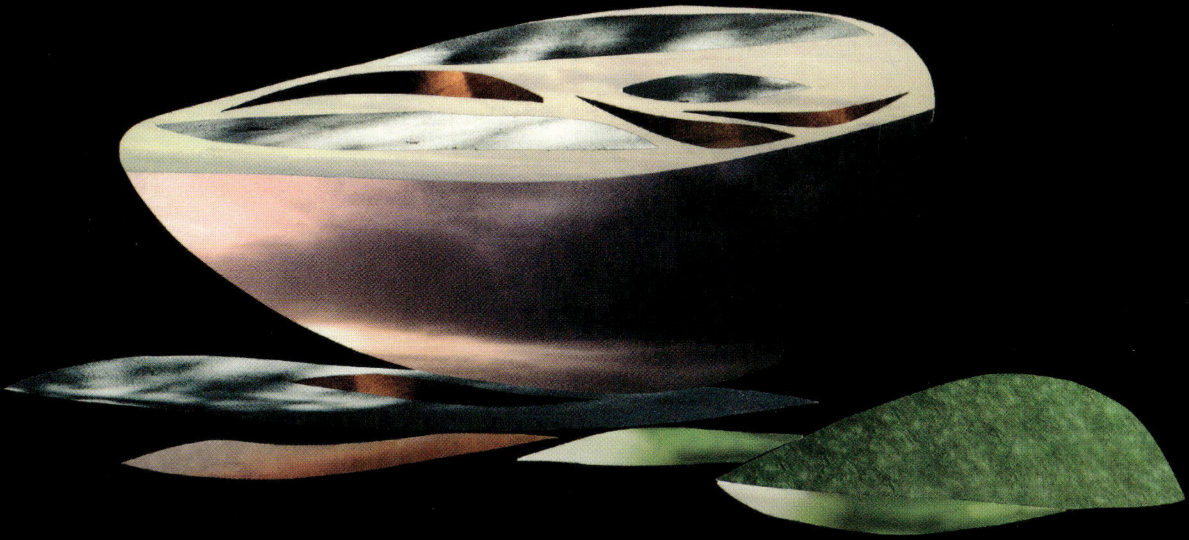

Ratatouille "bigouden" meio crua, meio cozida com manteiga

4 pessoas | 4 tomates grandes | 1 berinjela grande | 1 cebola grande | 1 cabeça de alho | 100 g de manteiga com sal | folhas de ½ maço de manjericão | 2 abobrinhas grandes | 2 pimentões (1 vermelho e 1 verde) | molho de soja ou flor de sal | azeite

Roussanne Marsanne do tipo Crozes Hermitage ou Saint-Joseph

Amo esta balada provençal na Bretanha, que sequestra do azeite sua querida *ratatouille* e a entrega à saborosa e perfumada manteiga. Esta impregna a polpa vegetal com sua personalidade forte e sua preciosa particularidade: o sal. Isso dá ao prato um princípio de tempero e um relevo surpreendente. No modo de fazer, você encontra uma receita cozida e outra crua... Esse jogo cria um contraste de texturas e temperaturas.

Em uma panela grande, doure em fogo baixo a cebola picada com dois terços da manteiga, acrescente a metade dos tomates cortados em quatro, os dentes de alho descascados e amassados e uma abobrinha cortada em cubos grandes. Cozinhe lentamente, sem misturar, assim a *ratatouille* conservará sua bela cor natural. Conte 40 minutos de cozimento, usando como referência o líquido do tomate: ele deve estar reduzido no fundo da panela. Enquanto isso, grelhe e pele os pimentões, corte-os em tiras finas e junte-os à *ratatouille*. Em seguida, na chama do fogão, queime a casca da berinjela de 15 a 20 minutos, virando-a sempre; o objetivo é obter um sabor defumado. Deixe amornar em um prato por 30 minutos.

Vamos à receita crua: em uma saladeira, junte o restante dos tomates, a abobrinha cortada em rodelas finas e as folhas de manjericão. Tempere com azeite e molho de soja e reserve em temperatura ambiente. Em seguida, tire a casca queimada da berinjela e recupere sua polpa marfim. No restante da manteiga, frite-a e doure-a. Tempere a *ratatouille* com molho de soja e sirva-a bem quente com a polpa da berinjela fumegante, salpicada com flor de sal. Faça o contraste com a salada crua, juntando no garfo o quente e o frio.

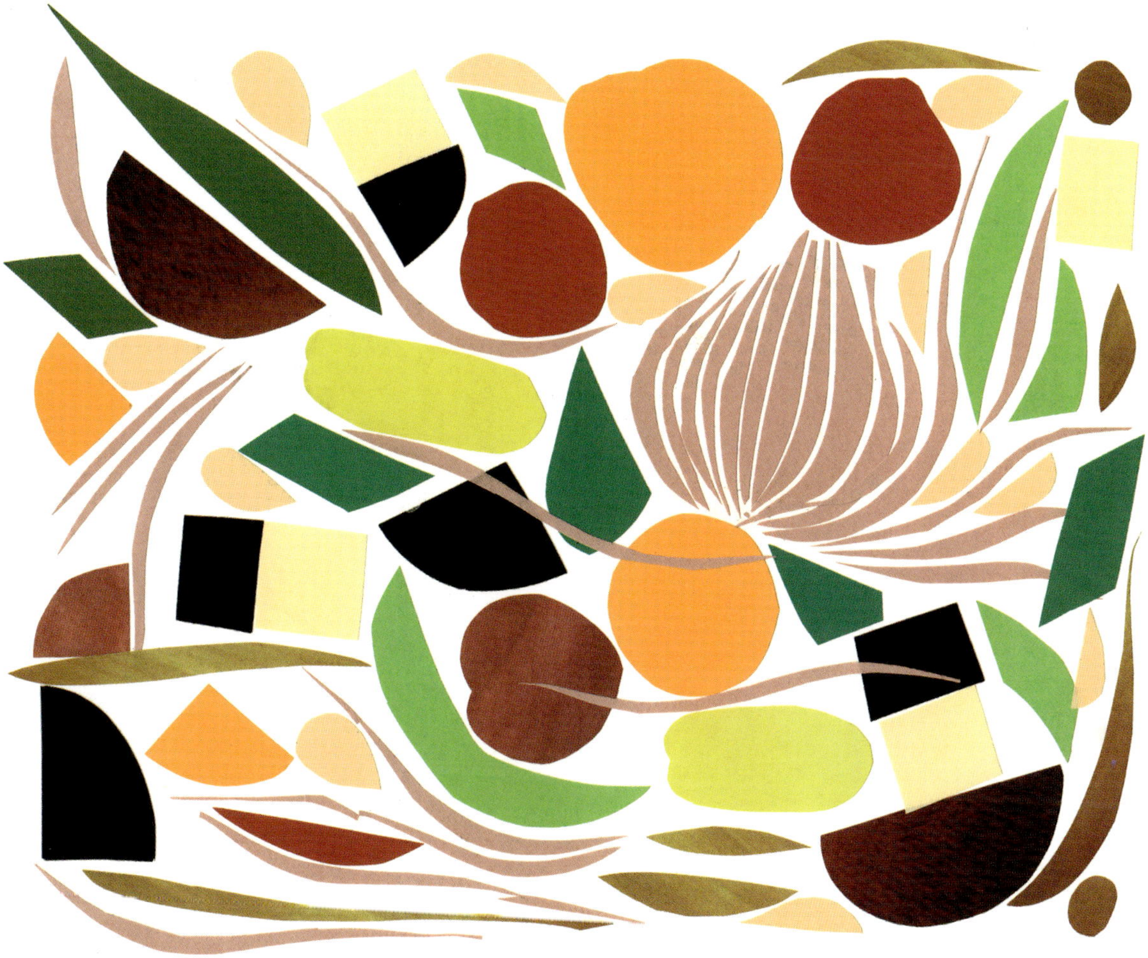

JANEIRO - FEVEREIRO - **MARÇO** - ABRIL - MAIO - JUNHO - JULHO - AGOSTO - SETEMBRO - OUTUBRO - NOVEMBRO - DEZEMBRO

Cogumelos *porcini* ao limão, tomilho e azeite

4 pessoas | 4 cogumelos *porcini* grandes (cerca de 500 g) | 1 limão-siciliano | 1 colher de sopa de folhas de tomilho | 4 colheres de sopa de azeite | 1 dente de alho | 2 colheres de sopa de açúcar | 1 pitada generosa de sal grosso cinza[1] | flor de sal | pimenta-do-reino branca

Oferecer ao príncipe dos cogumelos um buquê de limão confitado com folhas de tomilho é um belo presente! Você verá que ele se harmoniza perfeitamente com o limão e faz bom proveito dessa elegante pitada ácida...

Bordeaux tinto (Médoc), de 7 a 8 anos

Em uma panela não muito larga, cubra com água o limão cortado em oito e acrescente as folhas de tomilho, o sal grosso, a pimenta-do-reino (oito voltas no moedor), duas colheres de sopa de azeite, o açúcar e o dente de alho amassado. Cozinhe lentamente em fogo baixo durante uma hora, virando o limão na metade do tempo. Enquanto isso, com a ajuda de um pincel, limpe e corte os cogumelos no sentido do comprimento em fatias de 0,5 centímetro de espessura. Em uma frigideira, doure-as ligeiramente em azeite durante 3 a 4 minutos, virando sempre. Tempere com flor de sal e reserve em um prato de serviço aquecido. O xarope obtido no cozimento do limão deve estar quase inteiramente reduzido (acrescente água, se necessário). Coloque o limão confitado em um prato de serviço e saboreie imediatamente com os cogumelos e um belo mix de folhas verdes de outono.

1. Pode ser encontrado em casas de produtos importados e bons supermercados. É originário, em geral, da cidade de Guérande, na França. (N. T.)

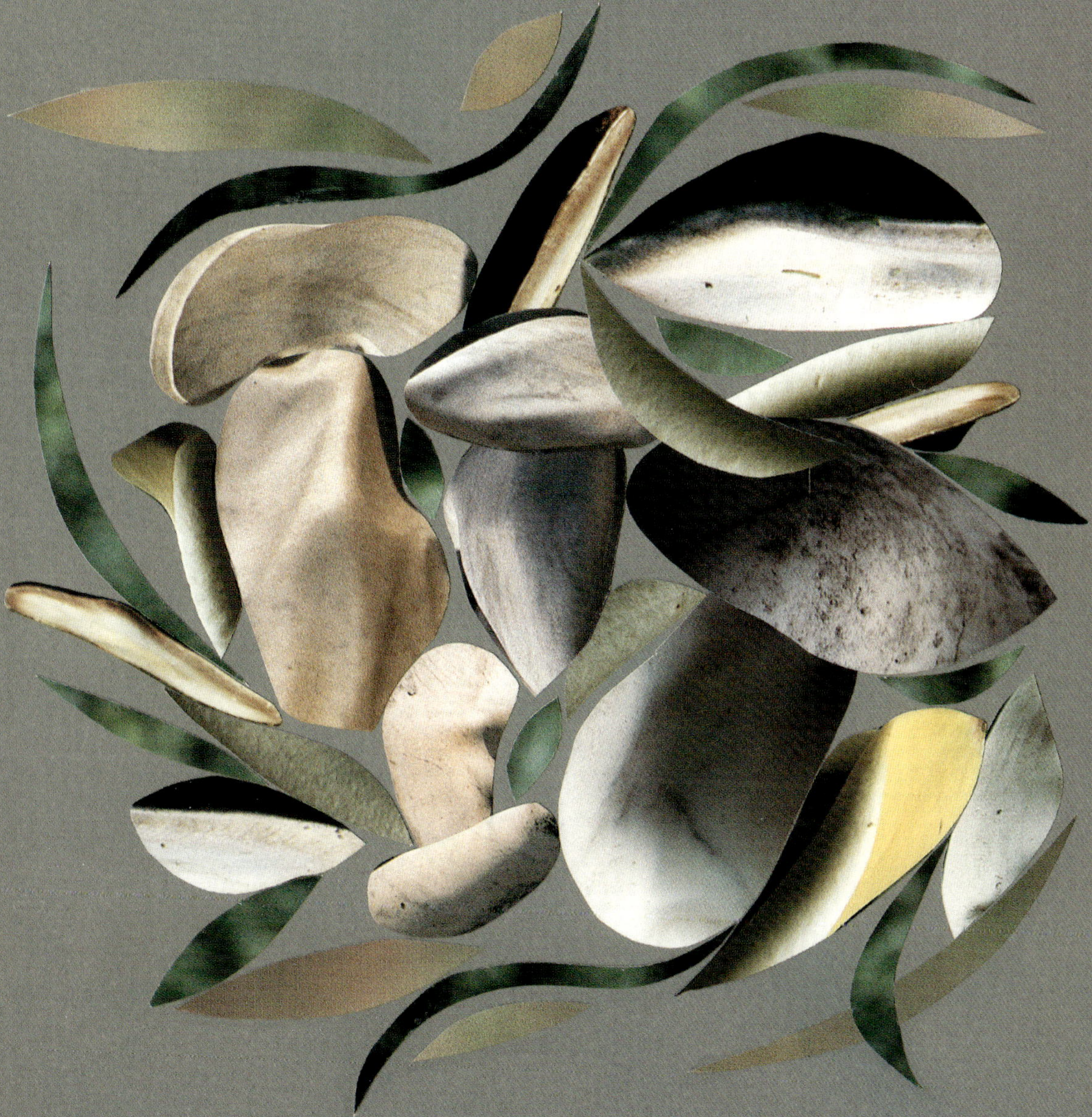

JANEIRO - FEVEREIRO - MARÇO - ABRIL - **MAIO** - **JUNHO** - **JULHO** - AGOSTO - SETEMBRO - OUTUBRO - NOVEMBRO - DEZEMBRO

Beterrabas amarelas com crosta de sal cinza de Guérande

4 pessoas | 4 beterrabas amarelas grandes (150 g cada) | 2 kg de sal grosso cinza de Guérande ou sal grosso comum | 1 limão-siciliano | 60 g de manteiga sem sal

Seguramente esta é a receita mais simples deste livro! Uma receita em que a mão sai de cena para dar lugar à precisão e à elegância...

Muscat seco da Alsácia ou do Roussillon

Na feira ou com fornecedores, procure estas pérolas raras: beterrabas amarelas (ou então brancas ou vermelhas) bem frescas e, principalmente, com peso e forma regulares. Preaqueça o forno a 150 °C. Em uma forma, coloque as beterrabas com a casca sobre uma camada de sal grosso e esconda cada uma sob uma cúpula de sal de espessura uniforme. Cozinhe-as por uma hora. Para saber se estão cozidas, espete as beterrabas com uma agulha de cozinha (ou qualquer utensílio fino e longo que atravesse o sal sem quebrar a crosta). A agulha deve penetrar com facilidade. Deixe descansar por uma hora com o forno desligado e a porta aberta. Depois, diante dos convidados, quebre a crosta de sal e revele as beterrabas. Tire o sal, corte as beterrabas em dois pedaços e sirva com a manteiga ligeiramente tostada (até adquirir uma cor avelã) e um toque de limão. É importante degustar a polpa da beterraba com a casca: é ela que tempera o prato! Fãs incondicionais de ervas frescas podem acrescentar cerefólio ou cebolinha-francesa, mas, honestamente, esse é um luxo que as beterrabas dispensam.

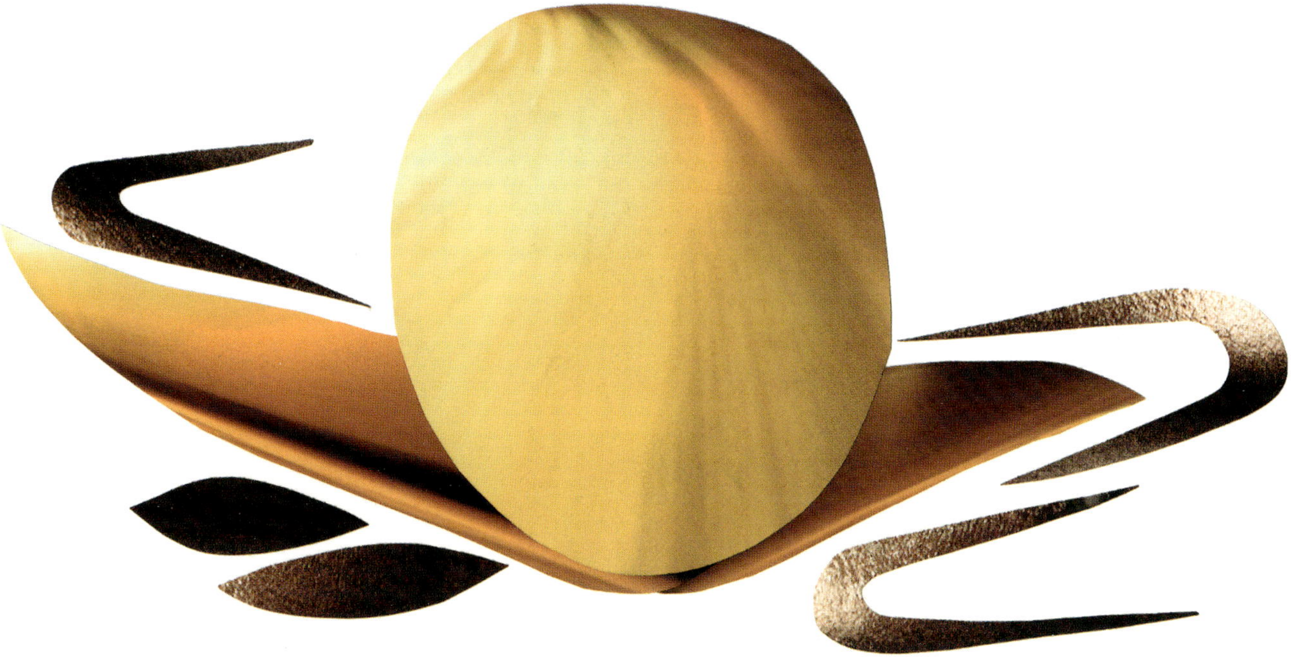

JANEIRO - FEVEREIRO - MARÇO - ABRIL - MAIO - **JUNHO** - **JULHO** - **AGOSTO** - SETEMBRO - OUTUBRO - NOVEMBRO - DEZEMBRO

Endívias com casca de laranja e hortelã fresca

4 pessoas | 4 endívias brancas | 1 endívia roxa | 150 g de casca de laranja cristalizada | folhas de 3 ramos de hortelã | suco de 2 toranjas | 1 toranja descascada (e sem a pele branca) | 400 g de repolho roxo | 1 cebola roxa grande | 125 ml de leite | 100 g de manteiga com sal | flor de sal | pimenta-do-reino moída na hora | 2 colheres de sopa de azeite | 2 colheres de sopa de óleo de nozes

Ornar o amargo da endívia com o doce ácido da laranja é uma delícia! Um prato de infância divertido de fazer e degustar. A hortelã empresta seu aroma refrescante e o repolho roxo em *mousseline* confere a maciez.

Vouvray meio-seco

Verta o suco de toranja em uma caçarola. Em fogo baixo, durante 25 a 30 minutos, deixe em infusão nesse suco as cascas de laranja picadas grosseiramente e 70 g de manteiga. Acrescente a polpa da toranja descascada, bata tudo no liquidificador e passe por uma peneira fina de metal, a fim de obter um creme de textura fina e sedosa. Reserve em uma molheira em banho-maria. Faça a *mousseline* de repolho roxo: em uma panela, coloque o coração do repolho cortado em fatias bem finas, acrescente a cebola roxa picada, o resto da manteiga e o leite. Cozinhe em fogo baixo até que o repolho esteja bem macio. Bata no liquidificador. A *mousseline* deve ficar leve e macia. Tempere com flor de sal, acrescente o azeite e bata com um batedor manual. Reserve em uma saladeira em banho-maria. Jogue as endívias desfolhadas em uma frigideira quente com o óleo de nozes (de preferência, separando as endívias vermelhas das brancas) e deixe amolecer lentamente até pegar uma leve cor. Tempere com flor de sal e pimenta-do-reino, e perfume com as folhas de hortelã. Apresente as endívias em um prato de serviço aquecido e deguste com o creme de laranja, a *mousseline* de repolho roxo e um fiozinho de vinagre balsâmico. É sensacional!

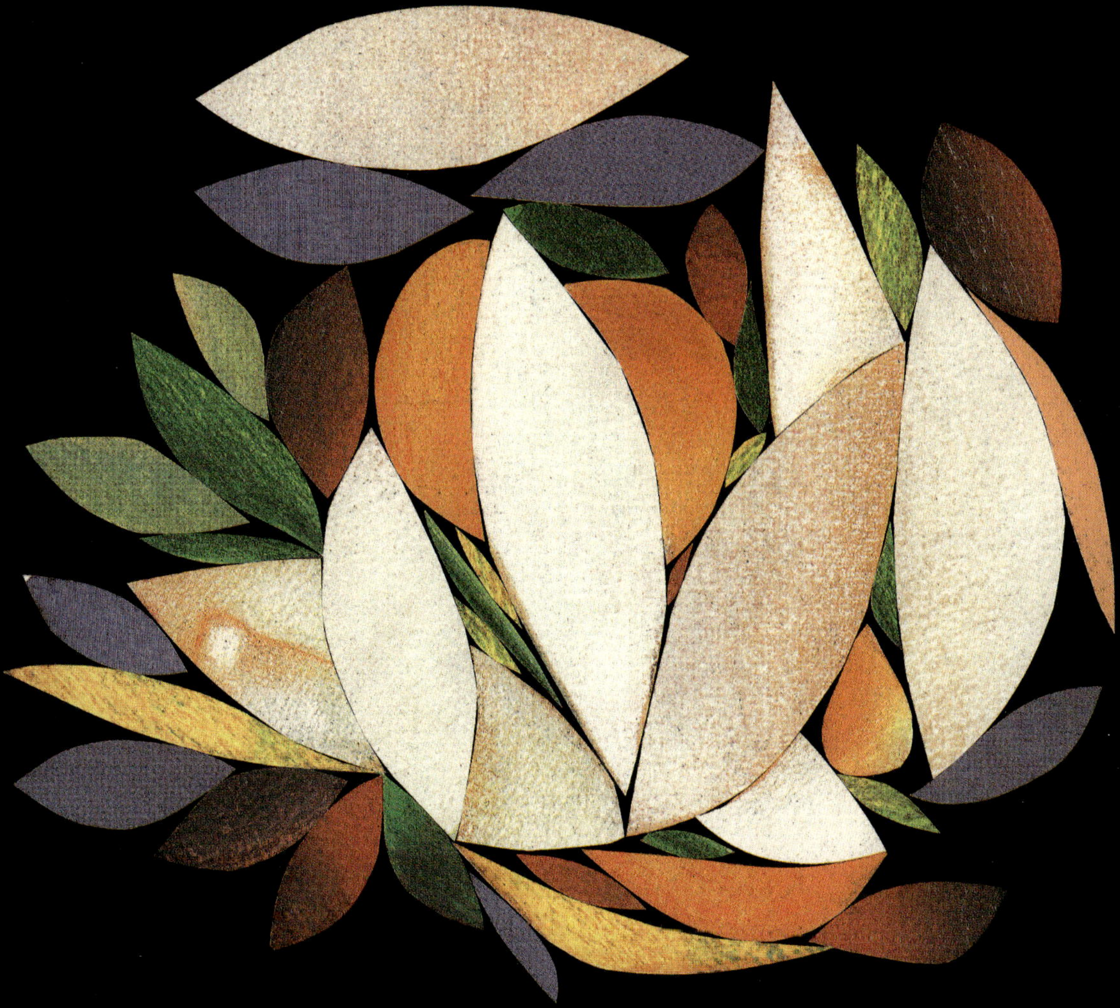

JANEIRO - FEVEREIRO - MARÇO - ABRIL - MAIO - **JUNHO** - **JULHO** - **AGOSTO** - SETEMBRO - OUTUBRO - NOVEMBRO - DEZEMBRO

Compota de toranja com hortelã

4 pessoas | 4 toranjas orgânicas | 1 caixinha de framboesa | 35% do peso das toranjas em açúcar | ½ maço de hortelã fresca

Maury, Banyuls

Toranja com hortelã... Eu tinha na boca e na memória o aroma delas. E a vontade de juntá-las em um prato com que sonhava havia muito tempo! Tive uma saborosa recompensa olfativa, que calorosamente convido-o a preparar para o seu café da manhã.

Em um tacho, de preferência de cobre, misture as toranjas cortadas em gomos com o açúcar, as folhas de hortelã e as framboesas. Cozinhe por 35 a 40 minutos até obter uma compota. Deixe amornar ligeiramente e saboreie ainda quente com torradas de brioche ou conserve como compota em vidro esterilizado e hermeticamente fechado.

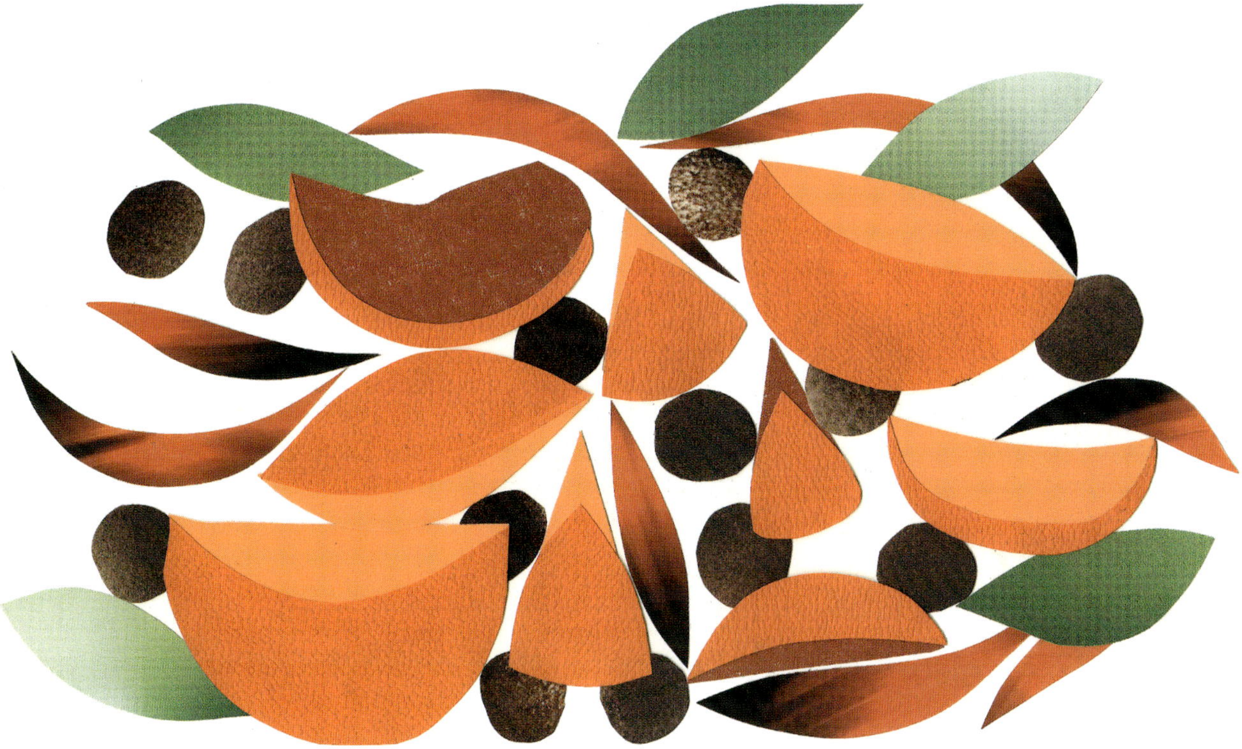

Trio de tomates e caviar de berinjela ao fogo

4 pessoas | 2 tomates vermelhos | 2 tomates brancos | 2 tomates amarelos | 2 berinjelas grandes | ½ maço de manjericão roxo | flor de sal | pimenta-do-reino moída na hora | 150 ml de azeite | suco de ½ limão-siciliano

Vinho tinto do Languedoc: Faugères, Pic Saint-Loup, Minervois

Dar à berinjela sabor e aroma de defumado queimando a sua casca é o objetivo desta receita simples e deliciosa. Os tomates comprados ou colhidos maduros vão gostar de tão boa companhia...

Na chama do fogão ou da lareira, asse as berinjelas inteiras, com a casca, colocando-as em uma grelha. O fogo deve lamber a casca da berinjela, queimando-a bem. É isso que dá à polpa o delicado e saboroso gostinho de defumado.

Durante o cozimento, vire várias vezes as berinjelas com uma pinça para que cozinhem homogeneamente. Conte de 15 a 20 minutos de cozimento para uma berinjela de 400 g. Ainda com a pinça, coloque as berinjelas em um prato e deixe-as amornar por 20 minutos, sem tocá-las. Em seguida, retire a pele queimada das berinjelas com a ponta de uma faca e, com a ajuda de uma colher de café, recupere delicadamente a polpa cozida. Essa polpa é conhecida como "caviar de berinjela", e deve ter um belo tom marfim. Ela tem o nome "caviar" porque apresenta bolsas com sementes que lembram as ovas na barriga do esturjão.

Com um garfo, bata o caviar de berinjela com a metade do azeite e o suco de limão. Sirva ainda morno com o trio de tomates cortados em quatro e tempere com o resto do azeite e a flor de sal. Enfeite com folhas de manjericão roxo. O pão torrado quente é obrigatório.

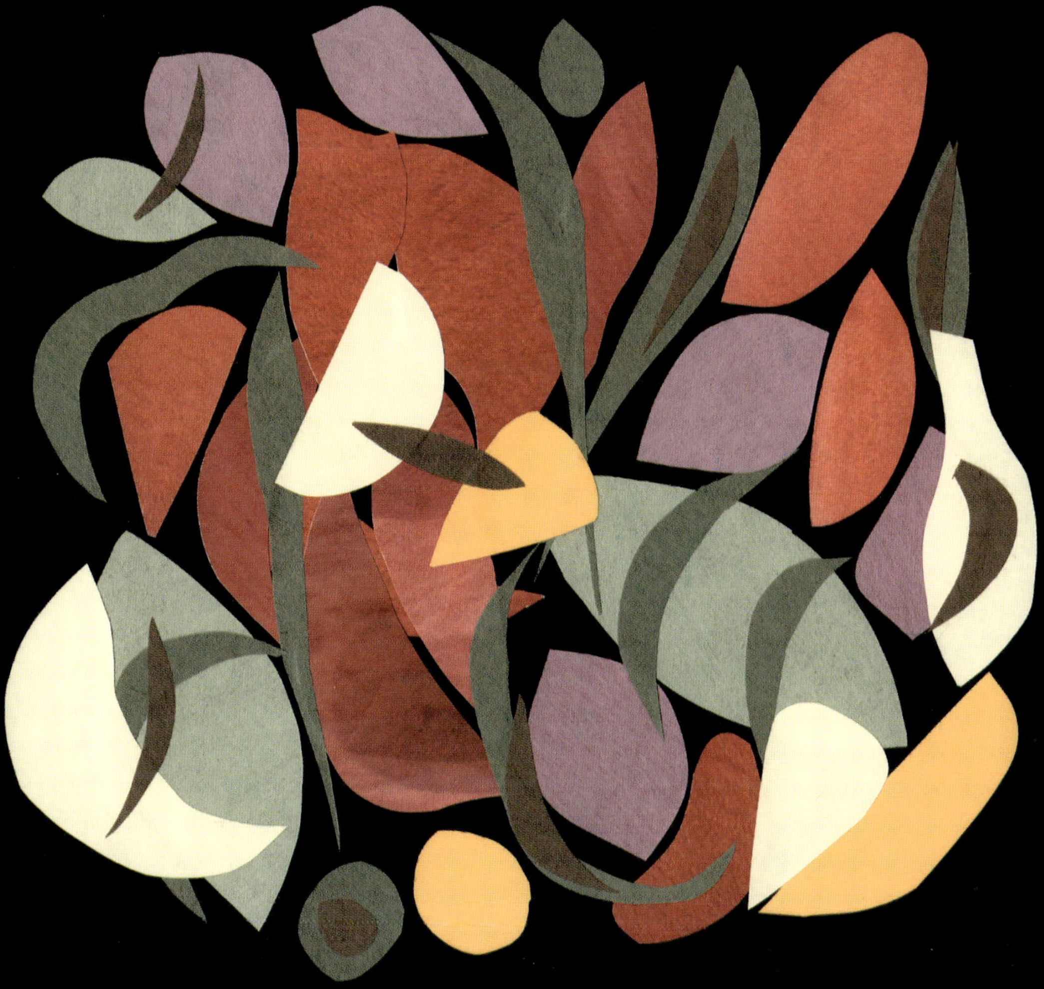

JANEIRO - FEVEREIRO - **MARÇO** - **ABRIL** - MAIO - JUNHO - JULHO - AGOSTO - SETEMBRO - OUTUBRO - NOVEMBRO - DEZEMBRO

Beterrabas com lavanda e amoras

4 pessoas I 4 beterrabas médias I 1 tigela de amoras bem maduras I folhas de 4 ramos de manjericão roxo I 1 colher de sopa de molho de soja I 1 colher de sopa de vinagre balsâmico tradicional I 1 ramo de lavanda I 1 naco de manteiga I flor de sal I ½ litro de leite

Uma iguaria. Alguém tinha de pensar nisso e se atrever a realizar este casamento: beterraba e amora! Elas foram feitas uma para a outra – está escrito na cor, no sabor e no aroma... A lavanda, por sua vez, realça sutilmente as duas. Você está convidado para esta bela e saborosa união!

Pineau jovem de Charentes tinto fresco

Em água quase fervente e ligeiramente salgada, cozinhe as beterrabas com a casca por cerca de 30 minutos, dependendo do tamanho delas. Em seguida, e isto é muito importante, deixe-as amornarem na água do cozimento. Enquanto isso, em uma panela, amoleça as amoras na manteiga por 7 a 8 minutos, em fogo baixo. Ainda no fogo, amasse-as com um garfo e acrescente-lhes o molho de soja, o vinagre e as folhas picadas de manjericão. Deixe cozinhar lentamente por 4 a 5 minutos. Despeje essa saborosa *fondue* de amoras em um prato de serviço aquecido. Coloque por cima as quatro beterrabas ainda mornas e descascadas. Cubra com espuma de leite quente batido em um *mixer* e salpique com flor de lavanda e flor de sal.

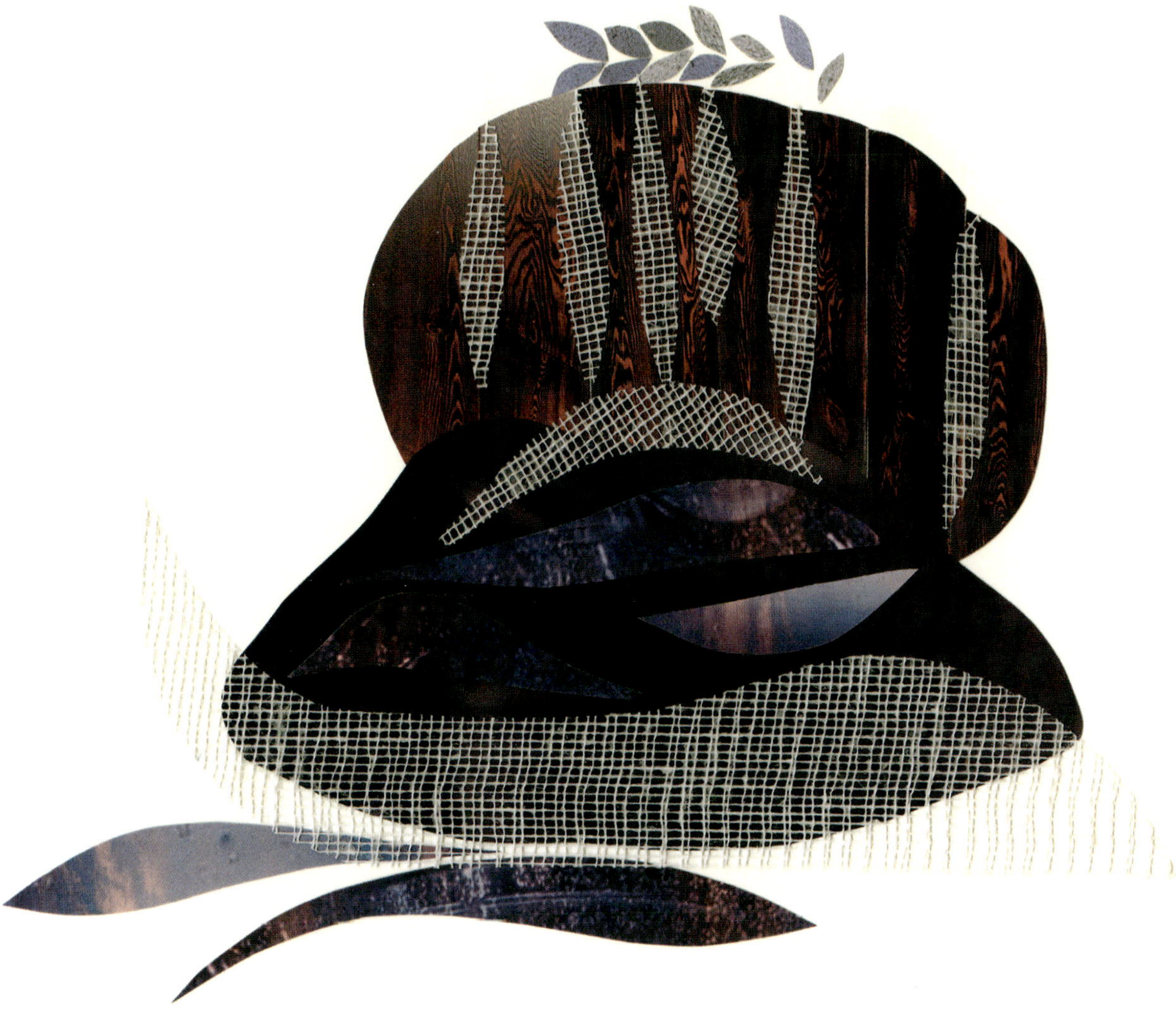

JANEIRO - **FEVEREIRO** - MARÇO - ABRIL - MAIO - JUNHO - JULHO - AGOSTO - SETEMBRO - OUTUBRO - NOVEMBRO - DEZEMBRO

Pimentão vermelho e tomate-caqui com coentro

4 pessoas | 2 pimentões vermelhos grandes | 4 tomates-caqui | 1 dente de alho | 1 cebola grande | 1 pão de azeitonas | folhas de 2 ramos de coentro | 8 colheres de sopa de azeite | flor de sal

Só de escrever estas palavras já fico com água na boca. O tomate e o pimentão vermelho produzem um belo encontro: duas personalidades fortes do verão. O tom da receita é dado por esses dois parceiros, já que o papel principal é deles. O coentro e a cebola cortada fina como cabelos de anjo são coadjuvantes.

Como aperitivo: uma bebida anisada ou um Mourvèdre do tipo Bandol jovem, servido fresco

Na grelha, virando sempre, toste os pimentões até formarem bolhas. Retire a pele, corte em tiras finas e macere no azeite com o alho picado, a cebola fatiada fina, as folhas de coentro picadas grosseiramente e os tomates cortados em rodelas. Deixe macerar por três horas e sirva com flor de sal e pão de azeitonas torrado. O anisete é obrigatório.

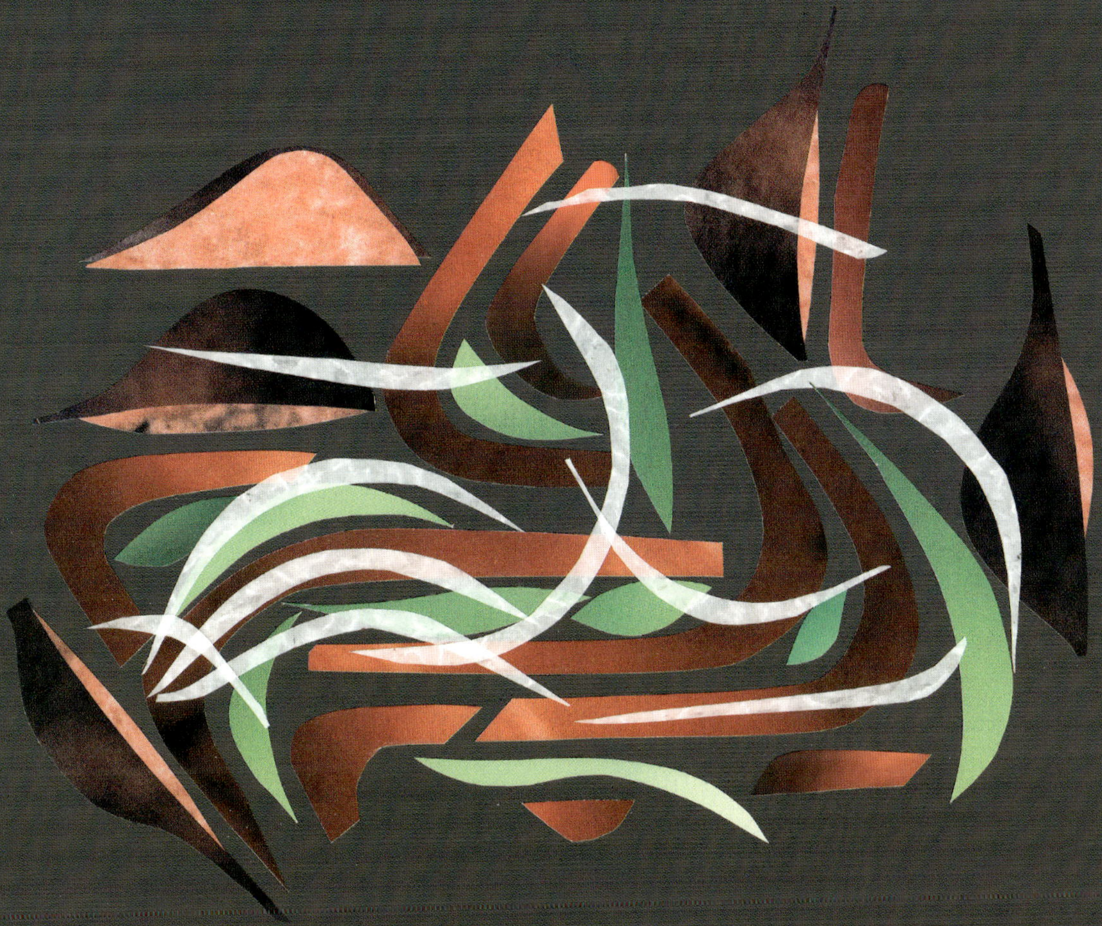

Ameixas rainhas-cláudias na manteiga com laranja

4 pessoas | 12 ameixas rainhas-cláudias maduras | 1 laranja | 1 limão-siciliano | 2 colheres de sopa de mel de acácia | 40 g de manteiga com sal | 2 colheres de sopa de açúcar

Chenin do Loire suave: Quarts-de-Chaume, Coteaux do Layon, Montlouis-sur-Loire

Um tacho quente de ameixas macias com um naco de manteiga salgada. Essa pequena rainha das ameixas, muito estimada, revela nesta receita um de seus lados secretos: a predileção por viagens e sabores exóticos! A laranja e o limão realçam a deliciosa polpa da ameixa, transportando-a para um lugar onde não costumamos encontrá-la...

Em um tacho grande, derreta o mel, o açúcar e a manteiga. Acrescente a laranja e o limão cortados em gomos e deixe em infusão por 10 a 15 minutos em fogo baixo. Em seguida, coloque as ameixas inteiras nesse delicioso e exótico xarope (elas devem ficar lado a lado, não sobrepostas). Cozinhe lentamente durante 30 a 40 minutos. Retire do fogo e deixe amornar por 10 minutos. Sirva com sorvete de creme para os mais gulosos e um *palmier* folhado aquecido no forno...

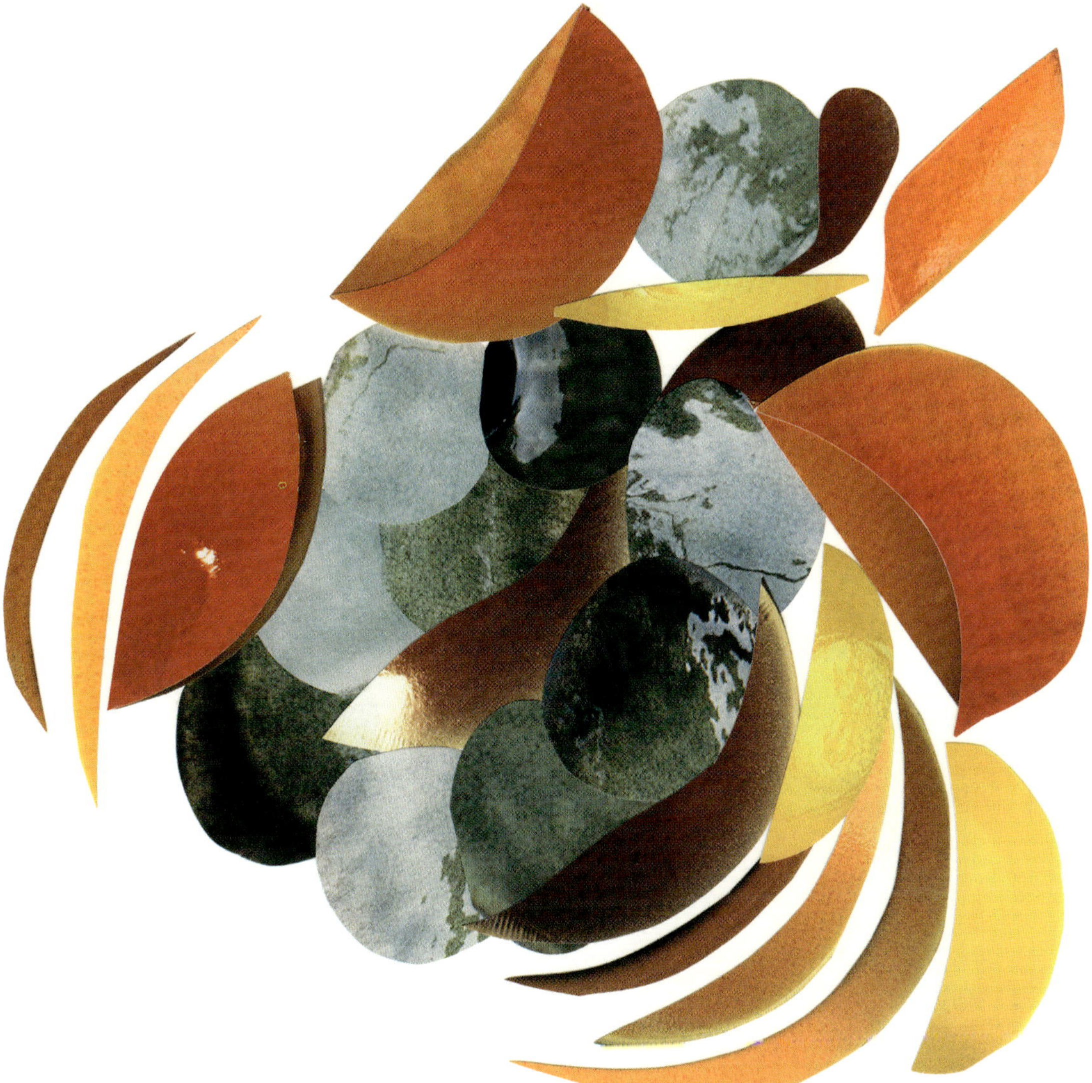

Jardineira com pétalas de nabo

4 pessoas | 2 tomates-caqui | 2 beterrabas vermelhas, amarelas ou brancas | 4 nabos roxos (para as pétalas) | 4 rabanetes negros | 4 rabanetes vermelhos | ½ pepino | 1 abobrinha | 4 mandioquinhas[1] | 4 cenouras | mix de folhas verdes | 35 g de vinagre branco | 70 g de mel de acácia | 150 g de óleo de amendoim

Chenin seco do Loire: Vouvray, Jasnières

Um clássico da cozinha do Arpège... Os sabores ácidos do vinagre branco e do mel ampliam o gosto desta bela jardineira. As pétalas de nabo envolvem cada garfada como se fossem um *ravioli*: adoro o contraste agridoce e o jogo entre o cru e o cozido.

Na feira, escolha legumes de tamanho médio. Na cozinha, cozinhe *al dente* a beterraba, a cenoura, a mandioquinha e o rabanete negro com a casca e separadamente, a fim de preservar as cores. Deixe amornar na água do cozimento e descasque, com exceção do rabanete negro, por sua cor exótica. Reserve em um prato. Com a ajuda de um mandolin, faça as deliciosas pétalas de nabo. Elas devem ser finas e transparentes. Mergulhe-as em água fervente de 3 a 4 segundos, depois deixe esfriar em água gelada para interromper o cozimento. Espalhe as pétalas em um pano de prato para secar. Bata o vinagre branco com o mel. Acrescente o óleo de amendoim em fio, como se fosse uma maionese. A mistura deve ficar com uma textura macia e homogênea, ligeiramente brilhante. Reserve em uma molheira. Em uma travessa ou prato de serviço, monte os ingredientes em forma de cúpula, mesclando o cru (tomate, rabanete vermelho, pepino e abobrinha picados) e o cozido (beterraba, cenoura, mandioquinha e rabanete negro). Cubra com as pétalas de nabo e espalhe em volta as folhas verdes. Sirva com o molho e saboreie.

---

1. Na receita original são usadas cenouras amarelas. Entretanto, como esse tipo de cenoura não é encontrado no Brasil, optou-se por mandioquinha. (N. R. T.)

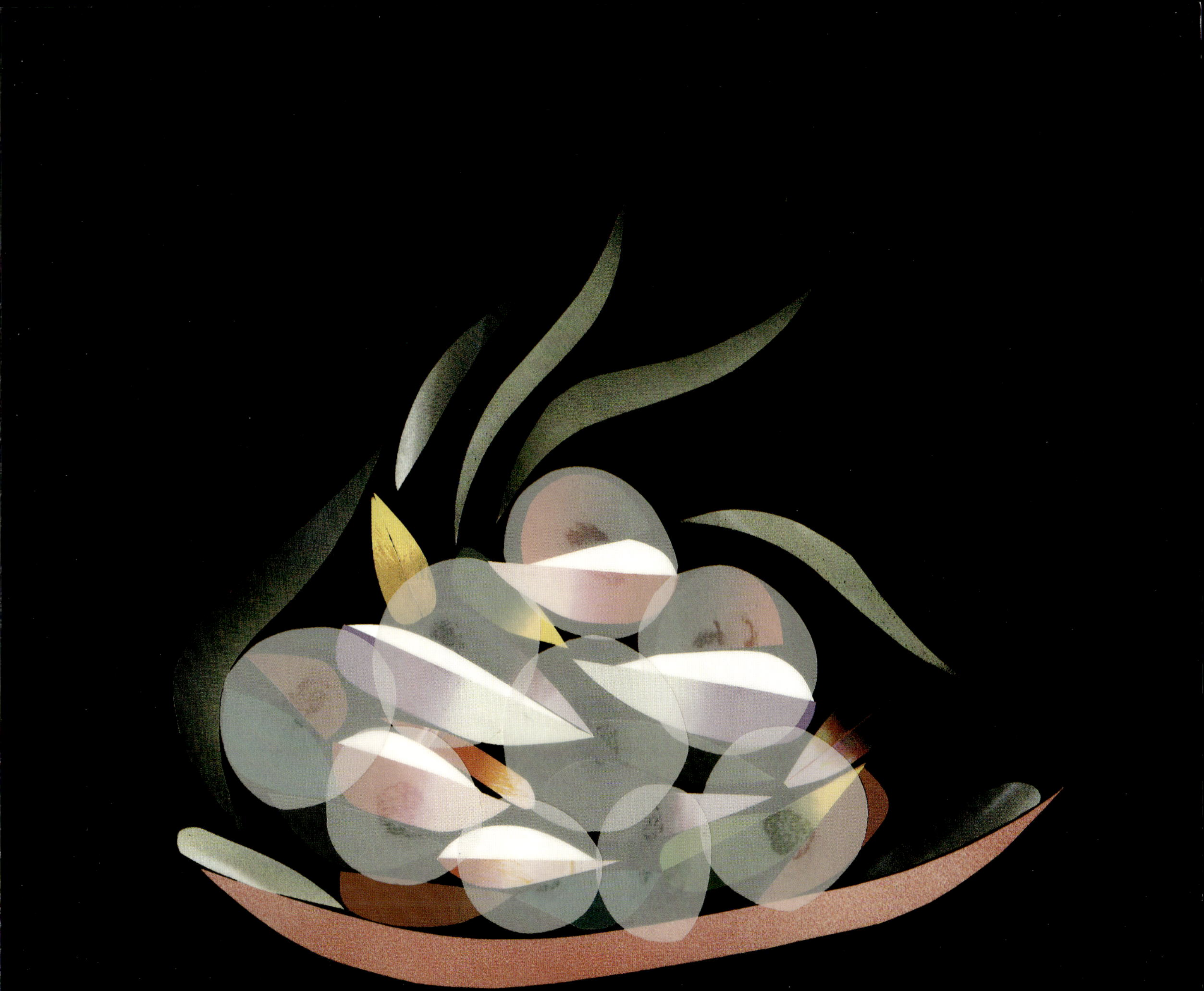

JANEIRO - FEVEREIRO - MARÇO - ABRIL - MAIO - JUNHO - JULHO - AGOSTO - SETEMBRO - OUTUBRO - NOVEMBRO - **DEZEMBRO**

Alcachofras com folhas de louro e limão

4 pessoas | 4 alcachofras grandes, com as pétalas bem fechadas | 12 folhas grandes de louro | 150 ml de azeite | flor de sal | 1 limão

Gewurztraminer da Alsácia, seleção de uvas nobres

Aninhar as folhas de louro entre as pétalas da alcachofra crua para realçar os sabores e os perfumes é a divertida técnica desta bonita receita. Afinal, a alcachofra guarda muitos segredos...

Abra levemente as pétalas das alcachofras para inserir e esconder entre elas as folhas de louro cortadas em dois. Elas devem desaparecer entre as pétalas. Feche as alcachofras e embrulhe-as (sem o pedúnculo) em três ou quatro voltas de filme de PVC, para que cozinhem a vácuo e preservem os aromas do louro.

Em uma panela, mergulhe as alcachofras em água fervente sem sal durante uma hora e quinze minutos. Elas boiarão, por isso é importante mantê-las submersas com a ajuda de uma tampa menor do que a panela, com um peso em cima dela. Retire as alcachofras da água e deixe-as amornarem enroladas no filme, para que o cozimento termine tranquilamente. Sirva-as sem o filme, com um vinagrete de azeite e limão e um pequeno monte de flor de sal em um canto do prato.

Comece a degustação pelas folhas debaixo e sinta o saboroso e desconcertante perfume do louro. O melhor está por vir: o fundo da alcachofra, sublimado por fatias de pão de campanha torradas.

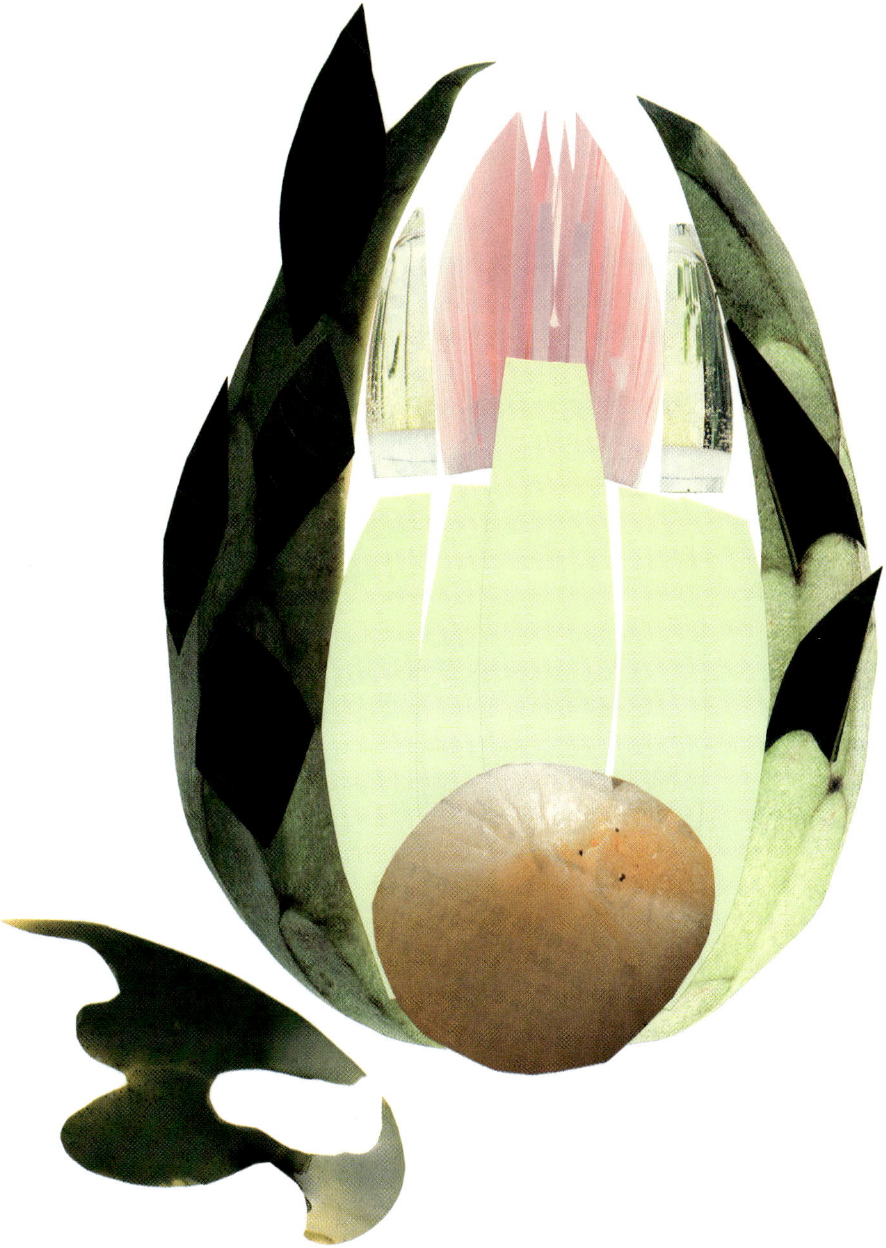

JANEIRO - FEVEREIRO - MARÇO - ABRIL - MAIO - JUNHO - JULHO - AGOSTO - SETEMBRO - OUTUBRO - NOVEMBRO - **DEZEMBRO**

Alho-poró e maçã verde ao *matchá*

4 pessoas | 4 alhos-porós (só a parte branca) | 1 maçã verde | 1 colher de café de *matchá* | ½ limão-siciliano | 1 naco de manteiga com sal | 2 colheres de sopa de azeite | 4 beterrabas pequenas | molho de soja | 1 colher de sopa de raiz-forte fresca ralada (ou 1 colher de sopa de molho de raiz-forte comprado pronto) | folhas de 1 ramo de manjericão | 2 colheres de sopa de óleo de gergelim

Se você deseja uma bela melodia e uma balada de sabores, precisa deste prato ao mesmo tempo insólito, refrescante e divertido. Adoro chá verde na culinária, por seu gosto, aroma e estética. Eu poderia acrescentá-lo a todos os meus pratos, de tão bom que é!

*Sauvignon,
Bordeaux branco,
Entre-Deux-Mers*

Em uma panela, cozinhe em fogo baixo e *al dente*, com o azeite e um fundo de água, a parte branca do alho-poró cortada em pedaços de 2 a 3 centímetros. Enquanto isso, frite na manteiga, sem dourar, a maçã verde e o limão cortados em rodelas bem finas. Conte no máximo de 7 a 8 minutos de cozimento para ambos os conteúdos. Cozinhe as beterrabas com a casca. Depois de cozidas, descasque e coloque em um prato de serviço com os alhos-porós, a maçã e o limão, tendo o cuidado de recolher o "fundo" da panela com um pão-duro. Junte ao prato. Salpique tudo com o *matchá*, tempere com molho de soja e óleo de gergelim. Finalize com um toque de raiz-forte e folhas de manjericão.

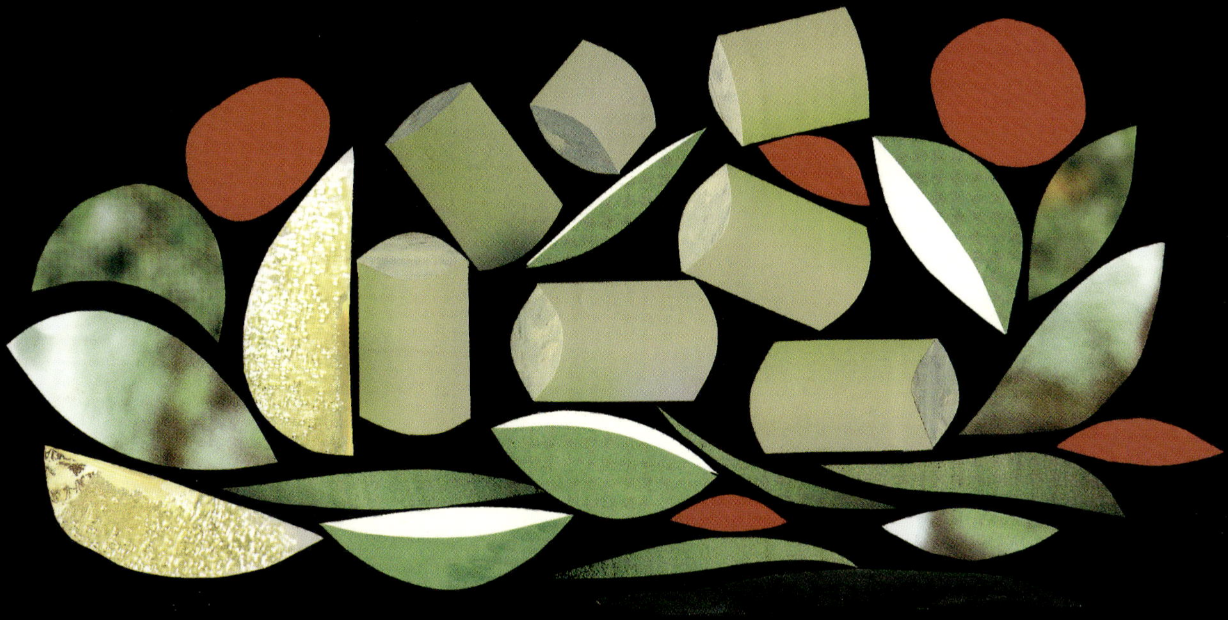

JANEIRO - FEVEREIRO - **MARÇO** - **ABRIL** - MAIO - JUNHO - JULHO - AGOSTO - SETEMBRO - OUTUBRO - NOVEMBRO - DEZEMBRO

Repolho roxo com alho rosa e folhas de estragão

4 pessoas | 1 repolho roxo | 2 dentes de alho rosa | 9 colheres de sopa de azeite | 3 colheres de sopa de vinagre de Xerez | folhas de 2 ramos de estragão fresco | flor de sal | 1 maçã verde

A cor e a estrutura do repolho roxo cru sempre me seduziram. Essa bola de pétalas fechadas é um buquê de aromas inigualáveis. Nesta receita, eu quis imitar os fogos de artifício: uma bola de fogo de sabores esplendorosos, essências de alho rosa e, sobretudo, o delicado toque anisado da folha de estragão fresco.

Rosé da Provença

Corte o repolho em quatro ou seis, dependendo do tamanho. Em seguida, com a faca ou o mandolin, corte cada parte em finas tiras, como "cabelo de anjo". Em uma saladeira, acrescente ao repolho os dentes de alho cortados em finas lascas no mandolin, a maçã verde cortada com a casca em quartos pequenos, as folhas de estragão picadas bem miúdas, o azeite e o vinagre de Xerez. Com talheres de salada, misture tudo delicadamente para distribuir bem as texturas e os sabores. Tempere com flor de sal e, se apreciar, não se acanhe em acrescentar pimenta-do-reino branca, moída na hora. Sirva e saboreie rapidamente para não perder o delicioso crocante do repolho e da maçã. Essa salada é uma verdadeira delícia, um verdadeiro beijo ardente!

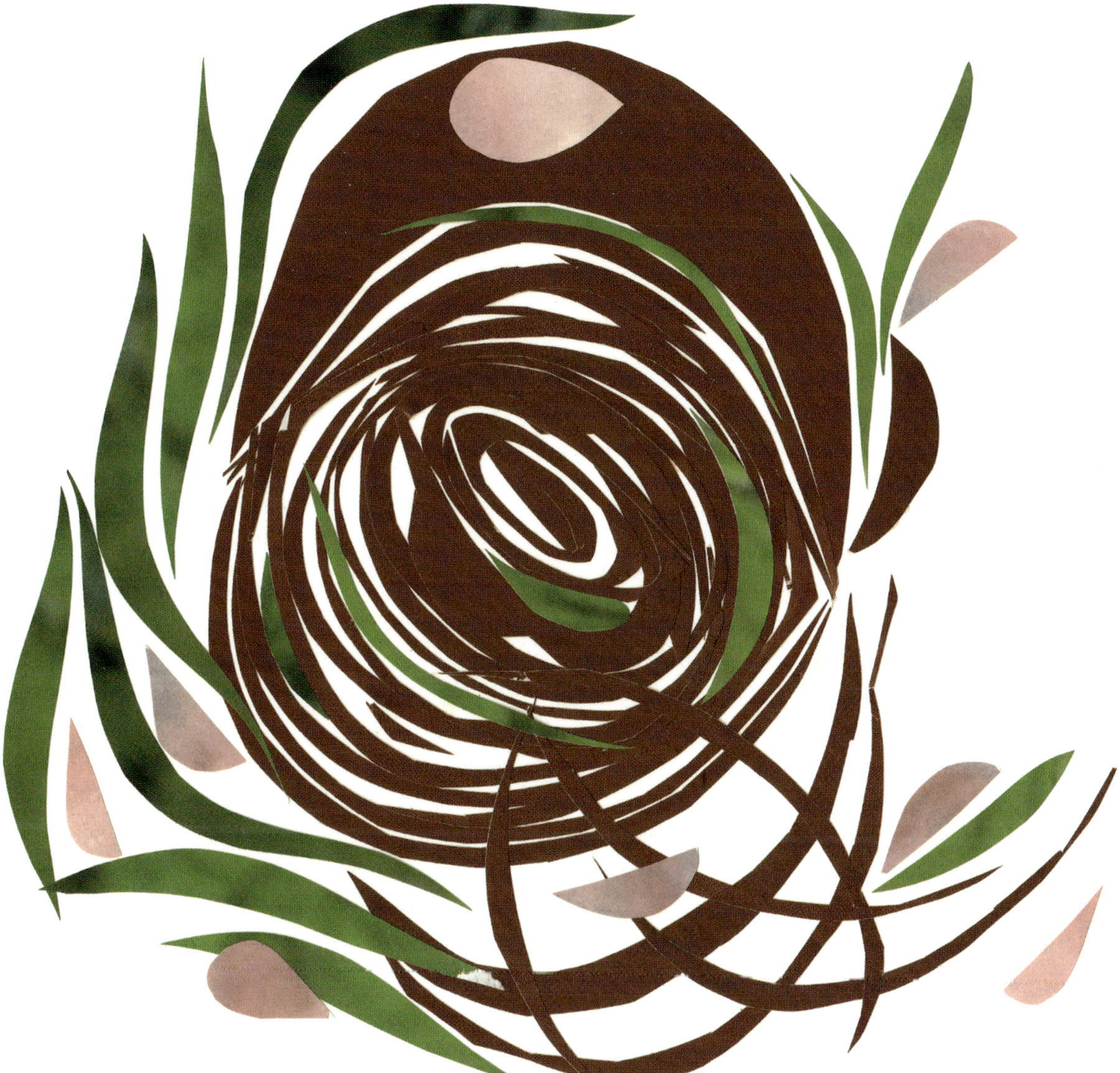

Chili branco "eu adoro"

4 pessoas | 250 g de feijão-branco demolhado por 12 horas | 1 pimenta dedo-de-moça fresca | 1 cenoura grande | 3 tomates não muito grandes | 2 bulbos de erva-doce pequenos | 1 talo de aipo | 3 colheres de sopa de azeite | 1 naco generoso de manteiga com sal | 3 dentes de alho | 3 chalotas | 3 cebolas | folhas frescas de tomilho | flor de sal | 350 g de leite

Tive muito prazer em criar e cozinhar este prato mítico. A escolha das cores foi determinante na elaboração: o olhar convidou a mão a segui-lo. Os ingredientes foram sozinhos para a panela! Lembrança magnífica dessa grande estreia, compartilhada com uma mesa de colegas *chefs*...

Châteauneuf-du-Pape tinto

Em uma caçarola, derreta a manteiga com o feijão-branco, os tomates cortados em quatro, a erva-doce cortada em dois, as cenouras cortadas em rodelas grossas, pimenta a gosto, o aipo, os dentes de alho amassados, as chalotas e as cebolas picadas finas e o leite. Cozinhe em fogo baixo, sem deixar ferver, por 50 minutos. Se necessário, acrescente mais 150 ml de leite. Deixe amornar por 25 minutos, aqueça novamente e tempere com flor de sal e folhas de tomilho. Sirva com um fio de azeite como entrada ou guarnição de bacalhau fresco grelhado.

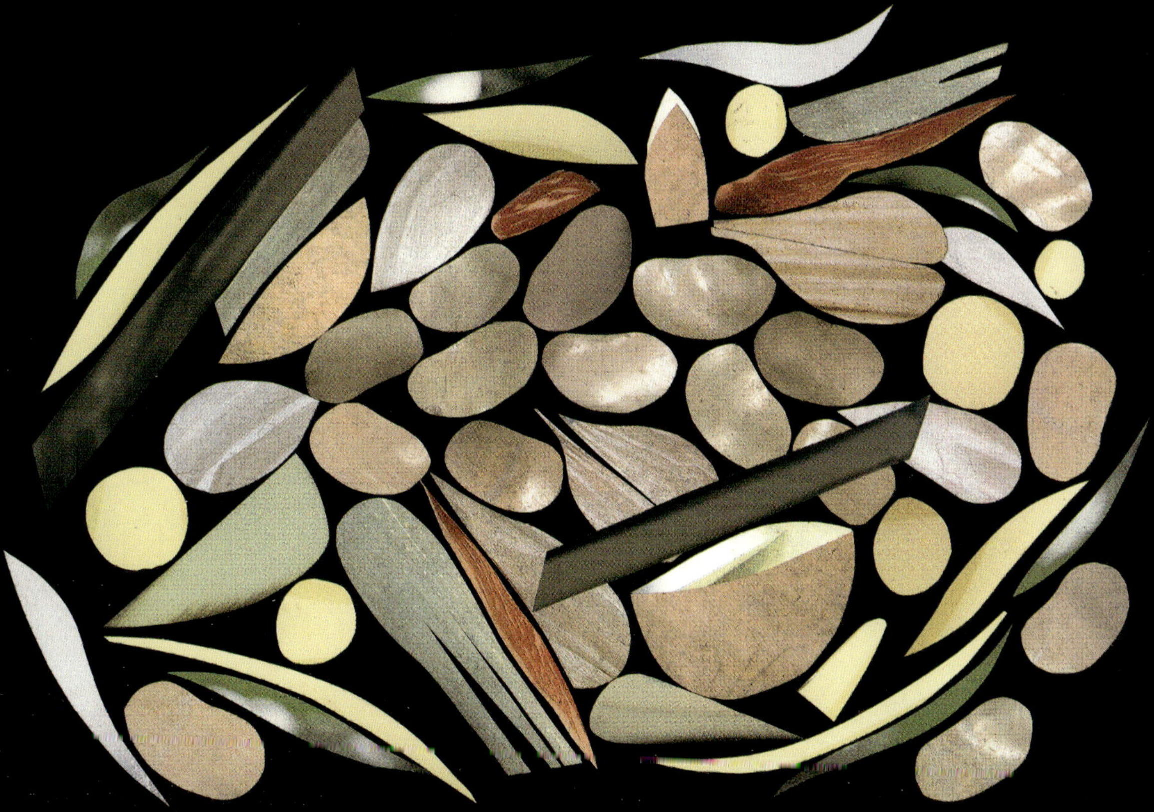

Suflê de avocado com chocolate amargo

4 pessoas | 2 avocados grandes não muito maduros, de polpa verde-amêndoa | 140 g de clara de ovo | 60 g de açúcar | 1 colher de café de pasta de pistache ou ½ colher de café de essência de pistache | 120 g de chocolate amargo | 1 fava de baunilha | açúcar

Vinho doce natural do tipo Grenache: Maury, Banyuls

Avocado como sobremesa... ainda mais em suflê! Tenho muito carinho por essa fruta de polpa rica e macia. Imaginando-a como doce, quis tirá-la do repertório clássico e incluí-la no caderno de cozinha contemporânea. Adorei realçar o sabor com uma pitada de pasta de pistache e, para coroar, dar um delicioso toque de chocolate amargo.

Corte os avocados em dois. Com uma colher, retire a polpa sem romper a casca (ela servirá de recipiente) e bata no liquidificador com a pasta de pistache e o interior da fava de baunilha partida ao meio. Você deve obter um purê fino e liso. Ponha em uma saladeira e acrescente as claras batidas em neve com o açúcar. Divida o creme entre as quatro cascas dos avocados. Coloque os quadradinhos de chocolate no creme como se fossem uma prenda de bolo de reis e, com uma espátula, alise a superfície. Cozinhe em forno preaquecido (210-240 °C) de 7 a 8 minutos. Sirva imediatamente, polvilhado com açúcar de confeiteiro, e saboreie!

Para claras em neve mais leves e macias, acrescente o açúcar aos poucos, enquanto estiver batendo.

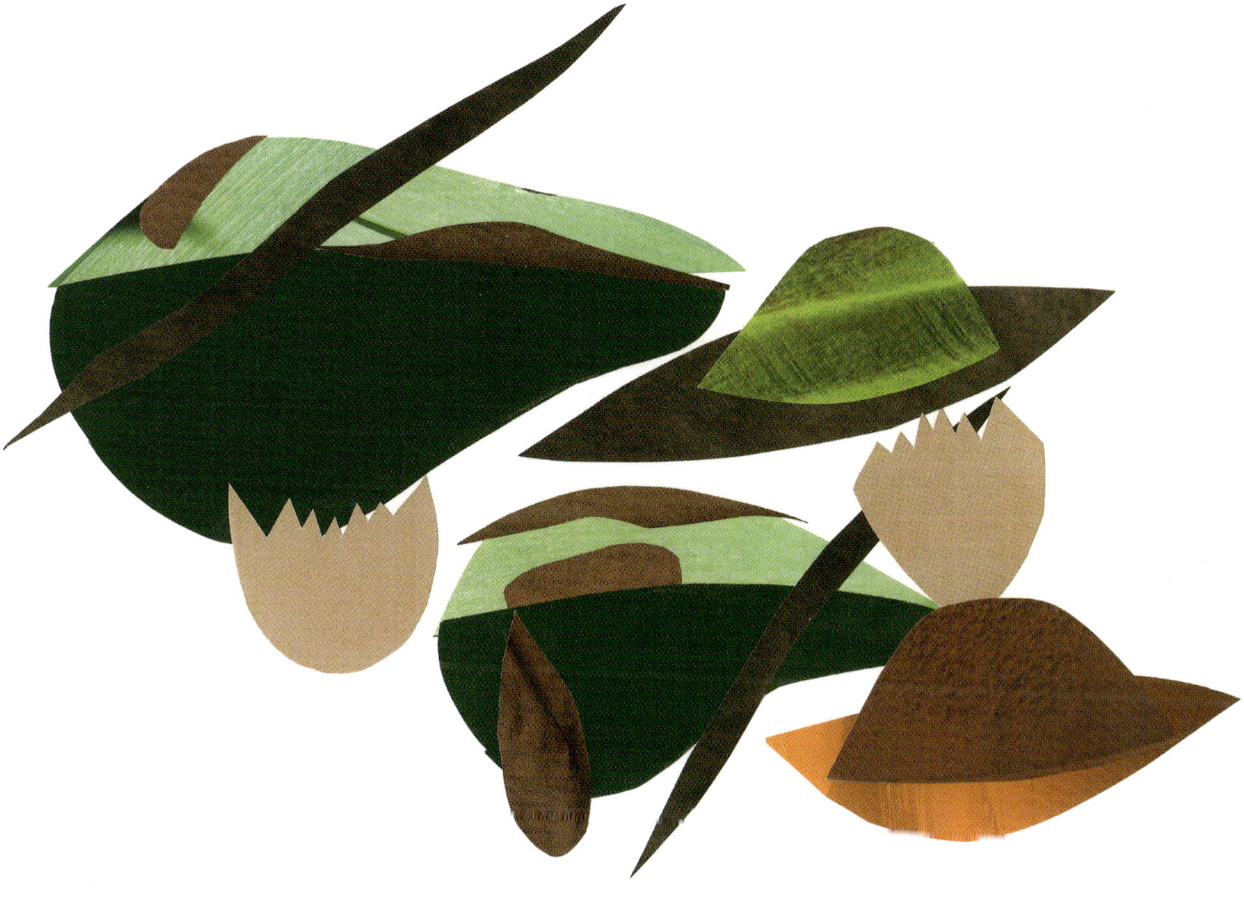

JANEIRO · FEVEREIRO · MARÇO · ABRIL · MAIO · JUNHO · JULHO · AGOSTO · SETEMBRO · OUTUBRO · NOVEMBRO · **DEZEMBRO**

Docinhos recheados crocantes, ao estilo dos *crumbles*

4 pessoas | 40 g de geleia de framboesa | folhas de 6 ramos de manjericão | 2 maracujás | 1 maçã | 30 g de amêndoas fatiadas e tostadas | 2 porções (do tamanho de uma avelã) de manteiga com sal | 10 g de açúcar | 30 g de açúcar mascavo | ½ fava de baunilha | 1 pitada de canela | 20 g de amêndoas em pó

Sou apaixonado por essas frutas que se escondem na própria casca. Elas concentram os sabores e são ricas em texturas. O maracujá me marcou muito neste tipo de preparação: ele tem a forma certa para encher com um bom recheio. Gosto de comê-lo *"à la coque"* com uma colher de café. É um charme!

Vinho branco jovem: Gewurztraminer de vindimas tardias, Chenin suave do Loire

Corte a maçã em cubinhos e pique as folhas de manjericão. Em uma panela, derreta a manteiga e acrescente os cubos de maçã, a geleia de framboesa, o manjericão, metade do açúcar mascavo, o açúcar, a pitada de canela e meia fava de baunilha picada bem miúda. Cozinhe em fogo baixo por alguns minutos: o recheio deve ficar crocante. Corte os maracujás em duas metades iguais, retire a polpa e junte-a ao recheio, assim como as amêndoas. Não se acanhe em corrigir o açúcar a seu gosto. Encha as cascas de maracujá com o recheio, misture o restante do açúcar mascavo com as amêndoas em pó e salpique cada casca uniformemente. Coloque os maracujás em uma travessa com um pouco de água no fundo e asse no forno (180 °C) por 30 minutos. Deixe descansar durante 30 minutos e sirva polvilhado com açúcar de confeiteiro.

Anne, Clémence, Émilie, Karima e Gaylord, obrigado por seu talento.

1ª edição agosto de 2012 | **Diagramação** Studio 3
Fonte Bauer Bodoni | **Papel** Couchê 150g
Impressão e acabamento Yangraf